Le Scribe

DU MÊME AUTEUR

Chez le même éditeur

Les merveilles du monde, 2007

Le Patron, 2009

Carrare, 2011

Gil, 2015

Tout un monde lointain, 2017

Villa Crimée, 2018

Chez d'autres éditeurs

Georges Aperghis. Avis de tempête, Intervalles, 2007

French Riviera. Promenade autour de la villa E.1027, Éditions P, collection « Les Contemporains », 2016

Célia Houdart

Le Scribe

Roman

P.O.L
33, rue Saint-André-des-Arts, Paris 6e

ISBN : 978-2-8180-4972-3
www.pol-editeur.com

« Pendant la mousson l'humidité est telle
que les pianos se désaccordent en une nuit. »

Marguerite Duras, *India Song*

1.

Les yeux du douanier restèrent un moment fixés sur les lignes du passeport qui n'étaient pas écrites en anglais. Il avait pourtant déjà eu, à plusieurs reprises, l'occasion de contrôler l'identité de passagers en provenance de New Delhi, Bombay ou Calcutta. Mais cette fois encore le hindi, sans majuscules, avec ses ligatures et ce trait horizontal supérieur qui liait les caractères entre eux, le fascinait. Il regarda ensuite le jeune homme aux cils foncés qui se tenait immobile devant lui et qui avait, à un mois près, l'âge exact de son fils. Il chercha à retrouver dans les yeux de ce jeune Indien, dans le battement de ses longs cils, au fond de ses pupilles noires dilatées légèrement éblouies par les néons de l'aéroport, quelque chose du rythme de cette écriture et de son histoire. L'attention du douanier se portait-elle sur cette suite de caractères parce qu'il s'apprêtait lui-même à apposer, sur la page réservée au visa de l'étudiant, un tampon encreur indiquant la date du jour, suivie de lettres issues d'un tout autre alphabet ? Il ne le savait pas et il n'eut d'ailleurs pas le loisir d'y réfléchir car, lorsque les papiers étaient en ordre, chaque contrôle devait être le plus rapide possible, telles étaient les instructions. Aussi le douanier avait-il tendu au jeune homme son passeport avec le tampon 17-09-18 ROISSY-CDG B570 accompagné d'un hochement de tête qui signifiait : vous pouvez passer.

Ce que Chandra perçut en premier à son arrivée, ce ne fut pas le regard du douanier, mais un courant d'air froid et sec sur sa nuque, qui s'était infiltré à l'endroit où les soufflets de la passerelle, dépliés afin d'épouser le fuselage de l'Airbus A380, n'étaient pas tout à fait raccord avec lui. Puis une lumière oblique qui, en frappant le châssis métallique et les vitres de la passerelle, dessinait au sol des trapèzes dorés. Chandra ferma jusqu'en haut son blouson à zip. Il était vraiment très loin de Calcutta maintenant où, à cette saison, la mousson, pendant près d'un mois encore, transformait le ciel en une voûte de plomb brûlant, que crevaient de soudaines pluies torrentielles.

Pour quitter l'aéroport le jeune Bengali suivit scrupuleusement tout ce que lui avait écrit le professeur Françoise Stern et qu'il avait conservé sous la forme d'une capture d'écran sur son téléphone. Au métro Place Monge, comme l'escalator était en panne, il dut monter à pied les hautes marches métalliques en soulevant son énorme valise. Sur la place, des cageots étaient empilés en vrac. Des employés de la ville roulaient des tentes de toile cirée tandis que d'autres démontaient des poteaux en tube d'acier qu'ils chargeaient dans une remorque. À l'opposé de la bouche de métro, de petits tas de glace pilée jonchaient le sol et fondaient en laissant des marques sombres qui peu à peu s'évaporaient. Deux engins de nettoyage avançaient lentement, leur réservoir rempli d'eau et leurs brosses rotatives tendues en avant comme des mandibules de scarabée. Au milieu de toute cette activité et des bruits de métal entrechoqué, un homme enveloppé dans un imperméable crasseux ramassait, imperturbable, des fanes de carottes, des feuilles de salade, des fruits gâtés ou à demi entamés, qu'il examinait attentivement, avant de les glisser, ou pas, d'un geste précautionneux, dans un grand cabas. Chandra l'observa un moment, puis il reprit son itinéraire. Il déchiffrait les plaques de tôle émaillées à fond bleu : rue Gracieuse, rue Ortolan, rue du Pot-de-Fer. À l'angle de la rue Tournefort, devant un café, le soleil chauffait des chaises cannées. Chandra était curieux de tout. Il pressentait confusément dans ce vieux quartier, avec ses pavés, sa fontaine décorée de coquilles, ses façades un peu bombées et de guingois, l'âge des choses, sans en porter le poids.

2.

Chandra s'arrêta devant l'entrée du 11, rue Pierre-et-Marie-Curie. Il se frictionna l'épaule et fit des moulinets avec son bras tout engourdi d'avoir tiré sa valise. L'Institut Henri-Poincaré était, au bout d'une allée bordée de platanes, un long bâtiment en briques rouges datant des années 1930, avec une grille Art déco en fer forgé et verre sablé, ornée d'éléments en spirales. Deux étudiants qui discutaient dans le hall indiquèrent à Chandra comment rejoindre dans l'aile gauche de l'institut le bureau de son professeur. Il trouva le bon rectangle de carton apposé sur une porte : Direction de la recherche. Directrice adjointe. Françoise Stern. Chandra frappa puis entra. Une tête surgit de derrière un ordinateur entouré de dossiers, de revues et de courriers empilés en vrac sur un bureau, au milieu de photos sous cadre et d'un désordre d'objets. Des cartes postales étaient scotchées sur l'unité centrale de l'ordinateur.

La femme se leva et serra vigoureusement la main de Chandra.

– Bienvenue. Vous avez trouvé facilement ?

– Oui. Vos indications étaient parfaites.

– Oh vous vous débrouillez très bien en français. Je vous félicite.

Françoise Stern était une femme petite, assez forte. Avec un grand nez, des yeux très maquillés, des lèvres charnues et une épaisse chevelure châtain clair. Elle était un peu boudinée dans un tailleur bleu marine. À contre-jour, le soleil soulignait sa silhouette. Elle s'en rendit sans doute compte car elle fit un pas de côté pour se placer dans une lumière différente, plus avantageuse.

Chandra, en la voyant, pensa tout de suite à Ganesh, la divinité obèse et débonnaire à tête d'éléphant, si populaire en Inde et qui apporte chance et prospérité.

Le soleil projetait sur les murs des ombres enchevêtrées et mouvantes de feuilles d'arbres. Par une fenêtre ouverte, on entendait le son répété d'un allumage de scooter dont le moteur se noyait.

– Vous devez être fatigué, dit Françoise Stern. Passez au bureau des élèves, on a trouvé un logement pour vous. Je vous ferai visiter l'institut demain. Et je vous présenterai quelques-uns des autres étudiants inscrits en thèse. Vous savez, votre dernier article dans *Acta Mathematica* nous a tous impressionnés. Dulal Dutta m'a beaucoup parlé de vous. On est fiers de vous avoir parmi nous.

Françoise Stern s'exprimait très vite, aussi parce que l'arrivée de ce nouvel étudiant la mettait de bonne humeur. Mais elle vit dans les yeux de Chandra qu'il n'avait pas tout compris. Elle reformula ce qu'elle venait de dire, dans un ordre différent, vérifiant régulièrement que Chandra suivait.

3.

Chandra Roy était l'aîné d'une famille brahmane aisée de Calcutta. Il avait deux sœurs, Sharmila et Sweety, âgées respectivement de quatorze et neuf ans. L'une était au lycée et l'autre à l'école primaire. Toutes deux étaient déjà très encouragées à étudier, soutenues par leurs parents qui étaient de grands défenseurs de l'éducation des filles. Leur mère, Roshan, professeure d'économie à l'Université de Calcutta, fut longtemps la seule femme enseignante de son département, jusqu'à ce qu'en 2011 une jeune doctorante la rejoigne. Quant à leur père, Manoj, ingénieur hydraulique, il dirigeait une station de traitement des eaux à Alampur, dans la banlieue ouest de la ville.

Chandra avait grandi dans l'immeuble familial au 10, Bidhan Sarani, ex-Cornwallis Street, où les

Roy vivaient depuis deux générations. Un bâtiment de l'époque coloniale, dont le crépi rouge effrité tombait par plaques entières à la fin de la mousson, et depuis le balcon duquel Chandra, enfant, essayait de communiquer avec les oiseaux ou sifflait les passants en soufflant dans un noyau de mangue.

Pour préparer son séjour à Paris, Chandra s'était inscrit à des cours de français. En moins d'un an, il était passé du niveau débutant à très avancé, aussi parce qu'il était tombé amoureux de l'enseignante, une jeune Française formée à l'Inalco, pour qui il avait appris par cœur des poèmes de Paul Éluard et de Louise Fournier en rêvant de les lui chuchoter un jour à l'oreille, ce qu'il ne fit jamais. Mais ces textes qui étaient restés gravés dans sa mémoire, et qu'il pouvait se réciter à lui-même dans les circonstances les plus variées, constituèrent, il le mesura plus tard, un trésor pour le reste de sa vie.

La veille de son départ, Indir, la grand-mère maternelle de Chandra, lui avait offert une photographie de son arrière-grand-père jeune homme, à l'époque où il était champion de cricket. On le voyait avec sa longue barbe taillée en pointe, vêtu d'un costume de lin blanc et coiffé d'un élégant chapeau de paille à ruban noir – la tenue de compétition de l'époque –, qui posait, légèrement penché, appuyé sur une batte en bois de saule dont il montrait le côté plat, en l'orientant vers l'objectif. Indir avait toujours dit à Chandra qu'il aurait beaucoup aimé son arrière-grand-père. Joueur de cricket mais surtout imprimeur plein d'idées, qui avait soutenu des éditeurs et des dessinateurs de revues satiriques proches du Nonsense Club de Sukumar Ray, le père du cinéaste Satyajit Ray. Arrière-grand-père sur les pas duquel Chandra avait bel et bien le sentiment de marcher, puisque c'était le seul dans la famille à être parti faire ses études, un siècle plus tôt, en Europe, à la London Council School et à la Municipal School of Technology de Manchester, pour apprendre la photographie et la lithogravure.

4.

Chandra sortit tard du bureau des élèves. On lui avait expliqué le fonctionnement de l'institut et donné l'adresse de ses logeurs. Il s'arrêta un instant dans le hall qu'il avait d'abord traversé à la hâte. Il entendit une voix derrière lui qui l'appelait. C'était Françoise Stern :

– Vous êtes encore là ? Tout est en ordre ?

– Je crois.

– Où allez-vous ? Elle regarda sa valise. Vous n'allez pas reprendre le métro avec cet énorme truc qui pèse une tonne. Je vous dépose. Quelle est votre adresse ?

Chandra lui tendit un bout de papier. Elle lut :

– Klemens et Ingrid Kowalski. 6, quai d'Orléans… L'île Saint-Louis ? Magnifique ! Dites-moi, c'est encore mieux que ce que j'imaginais. On va passer par le pont de la Tournelle. Vous allez voir comme c'est beau.

Dans la Twingo de Françoise Stern, Chandra réfléchit au décalage horaire. Il devait être 17 heures à Calcutta. Il avait dormi en tout et pour tout cinq heures en l'espace de vingt-quatre heures. Mais cela allait très bien. À travers la vitre baissée de la portière, Chandra observa l'université de Jussieu, la Seine. *The river Seine* comme il avait d'abord appris à la nommer en anglais.

Françoise Stern déposa son jeune passager au début du quai d'Orléans, sans couper le moteur.

– Bonne chance ! à demain.

Elle repartit, laissant Chandra seul avec sa grosse valise. Il admira la façade, en se demandant quel âge pouvait avoir l'immeuble. Au-dessus d'une grande porte en bois à deux vantaux était écrit en lettres de laiton : Biblioteka Polska. Société Historique et Littéraire Polonaise. Chandra sonna à un interphone. Il se retrouva sous un porche qui donnait sur une petite cour intérieure avec des pavés posés en rosace. Chandra fut tout de suite frappé par une odeur de moisi et de plantes. Le battant de chêne de la porte claqua derrière lui, provoquant un ébranlement sourd des vantaux et du chambranle, comme un piège qui se referme.

À gauche, derrière une porte vitrée, on devinait le départ d'un large escalier de pierre. À un mur était fixée une reproduction de gravure ancienne plastifiée : la ville de Varsovie en 1822. Plus loin, se dressaient trois sculptures de facture très différente. Un gisant en pierre dont le visage et les mains étaient tendus en avant comme dans un ultime effort pour s'extraire du bloc. Une tête en bronze à oreilles pointues, posée sur une colonne tronquée, puis une vasque en marbre blanc représentant, en bas-relief, une femme et des enfants au visage très rond, se baignant. De part et d'autre de la vasque, deux petites portes symétriques étaient fermées. Il n'y avait personne. Chandra s'approcha de la tête en bronze. L'eau de pluie en ruisselant lui avait dessiné d'étranges marques sur la figure.

Au même instant, Chandra entendit des pas lents dans l'escalier.

Un homme âgé et très pâle finit par apparaître. Il se tenait un peu voûté dans l'encadrement de la porte vitrée. Il demanda à Chandra, en fronçant les sourcils et dans un souffle continu d'homme qui respire mal :

– Il vous plaît ?

– Pardon ?

– Le vieux faune ?

Chandra, qui ignorait ce mot, comprit que l'homme parlait d'une chose qui était en rapport avec la cour. Il répondit, prudemment, se souvenant de l'exclamation de Françoise Stern découvrant l'adresse de son étudiant :

– Magnifique !

– Vous êtes le jeune Chandra ?

– Oui.

Le vieillard avait un visage dur et crispé. Chandra relut soudain intérieurement l'annonce que lui avait transmise le bureau des élèves : chambre dans un très bel appartement ancien. Vue sur la Seine. Menus services en échange (courses, assistance informatique). Il se demanda soudain s'il avait eu raison, si cela avait vraiment été une bonne idée d'accepter cette proposition.

– Venez, c'est là-haut que cela se passe.

Chandra avança dans l'escalier intégralement peint en trompe-l'œil : marbrures et fausses moulures imitant des panneaux, tons beige et gris clair. Une lanterne cylindrique en bronze doré, éclairée par de fausses bougies, pendait au bout d'une longue chaîne. Le vieillard grommela quelque chose d'incompréhensible. Chandra ne répondit pas. Puis, toujours sans se retourner, le vieil hôte dit :

– Je vais vous montrer votre chambre. C'est au quatrième. On y accède par ici. Il y a aussi un escalier qui donne directement sur la cour. Mon épouse rentre ce soir, vous la verrez demain.

Parvenu au premier palier, il reprit son souffle, la main sur sa hanche.

– À gauche, vous avez une exposition permanente dédiée au poète Adam Mickiewicz. À droite c'est l'entrée du musée. Nous sommes en plein accrochage. La salle Chopin se trouve à l'autre bout du grand salon. Moi, je ne décide plus grand-chose, c'est mon épouse qui programme la saison culturelle. On vous montrera tout cela.

Une corde à rampe rouge et blanche nouée à deux poteaux et tendue en travers du passage indiquait une zone privée.

Le vieillard se faufila et reprit l'escalier. Tout à coup, il s'arrêta. Il fouilla dans la poche de sa veste, se retourna vers Chandra et lui tendit ses clés :

– Pendant que j'y pense, la serrure a été montée à l'envers. On ouvre en tournant vers la gauche. Vous me préparerez bien sûr vos papiers. Passeport avec visa en règle. Il ne manquerait plus que ça, que l'on héberge un petit clandestin. D'ici une heure, cela vous va ?

Chandra, toujours sans broncher, et malgré ses efforts pour faire bonne figure et se persuader qu'il était reçu par un vieil homme inquiet, peut-être aussi un peu malade, pressentit soudain tout un monde qui n'était guère engageant. Il imagina avec terreur à quoi sa vie quotidienne pourrait ressembler. En quelques minutes, son rêve parisien se transforma en cauchemar. On l'accueillait d'abord comme une jeune étoile des mathématiques et maintenant on le traitait comme un étranger en situation irrégulière, logé dans une chambre vieillotte et mal chauffée. Bientôt il serait l'esclave de deux gâteux à qui il devrait apporter le thé et le journal. Parvenu au quatrième étage, sous les combles, il posa sa valise qu'il n'en pouvait plus de porter. Il eut envie de pleurer.

★

La nuit qui suivit, Chandra revit comme un film passant au ralenti son arrivée horrible dans l'île Saint-Louis. Cet instant où le vieillard avait examiné son passeport, tournant les pages d'un air suspicieux, vérifiant par transparence qu'il ne s'agissait pas d'un faux, puis relevant la tête, collant son regard à celui du jeune Bengali. De l'œil droit.

Le plus ouvert des deux, la paupière de l'autre œil restant à demi fermée, pour inspecter une dernière fois, comme une marchandise suspecte, ce qu'il voyait. Ce visage se confondait avec celui vert-de-gris du faune de la cour. Le réveil de Chandra fut brutal. Il se leva d'un bond, hagard.

5.

Le lendemain matin Chandra quitta sa chambre très tôt, dégringolant les escaliers et traversant vite la cour de son immeuble, sans voir personne. De toute façon, il avait été convenu qu'il visiterait en fin de journée seulement la bibliothèque polonaise et l'appartement de ses hôtes qu'il n'avait qu'entraperçus.

Chandra avait étudié le plan du quartier et parvenait assez bien à s'orienter. La lumière du matin, légèrement oblique, était particulièrement belle, soulignant le tracé des ponts, des quais, des façades. Le parapet étincelait comme une rampe ou plutôt un chemin, qui semblait venir au-devant de soi, exigeant presque qu'on le suive. Chandra eut en tout cas l'étrange impression d'être attiré, comme aimanté, par ce bandeau de pierre qui avançait à côté de lui, à hauteur de sa hanche ou de ses côtes, d'un endroit à l'autre du quai. Il nota que la largeur du parapet était inversement proportionnelle à sa hauteur, sans doute pour prévenir les accidents. Il s'arrêta pour admirer une porte cochère, un balcon aux feuillages et volutes en fer, et la guirlande sculptée d'un fronton. La Seine était vert pâle, avec un peu de courant perceptible à l'œil nu. Ce jour-là, le vent qui soufflait en sens contraire ridait légèrement la surface de l'eau. Dans le prolongement du quai d'Orléans, Chandra prit le quai de Bourbon qui, à un moment, se dédoublait, offrant une sorte de décrochement qui permettait de rejoindre, par une voie pavée en pente, le bord de l'eau. Un zodiac passa à toute vitesse. Chandra eut envie de voir la Seine de plus près. Il était seul. L'eau léchait les pavés dont certains étaient recouverts d'une petite barbe de mousse. Il flottait une légère odeur d'algue et de vase. On pouvait encore entendre, répercuté sous le pont Saint-Louis, l'écho du hors-bord. Après quelques secondes d'hésitation, Chandra comprit que, ce qu'il apercevait sur la gauche au loin, se détachant au-dessus d'épaisses et vertes frondaisons, avec les mêmes puissance et majesté que les racines aériennes d'un gigantesque banyan, était probablement les contreforts de Notre-Dame de Paris. Il resta un moment où il se trouvait pour la contempler. Il se dit qu'il garderait pour un autre jour la visite de ce monument qu'il avait découvert dans les livres et les magazines. Lesquels privilégiaient généralement les vues de la façade et des portails. De cet endroit, Chandra trouva Notre-Dame encore plus belle, plus émouvante.

6.

Chandra avait fixé un rendez-vous sur Skype avec sa famille pour donner des nouvelles. À Calcutta il était 7 h 30, presque l'heure du départ pour l'école. C'est Roshan, sa mère, qui répondit la première. Elle appela tout de suite Sharmila et Sweety qui étaient plus pressées. Chandra vit apparaître ses deux petites sœurs dans leur uniforme habituel : une jupe longue marron avec une fine ceinture en cuir, une chemisette jaune très pâle avec un écusson sur la poitrine et une cravate marron à rayures moutarde, que Sweety aimait porter serrée, et Sharmila un peu lâche. Sweety ne tenait pas en place. Elle fixait l'écran de l'ordinateur, debout, les yeux brillants derrière ses lunettes, surexcitée. Chandra lui dit qu'il la trouvait très joliment coiffée avec sa barrette et sa natte. Sweety demanda à son frère de montrer sa chambre. Chandra souleva son ordinateur portable et pivota sur lui-même. Il fit en sorte que l'on voie bien une armoire avec un miroir et, dans la pente du plafond, la percée créée par le vasistas.

Entre-temps Sweety avait fait glisser une chaise face à l'écran.

– Ce n'est pas grand, précisa Chandra, mais je vois le ciel et les toits de Paris.

Sharmila écarta légèrement du coude sa petite sœur, et s'installa à côté d'elle sur un coin de la chaise.

– Tu as seulement un lavabo ? s'étonna Sweety.

– C'est une chambre de bonne. Mais je peux me doucher sur le palier.

Sweety prit un air horrifié qui fit sourire Chandra. Il reconnaissait bien là sa petite sœur coquette, qui se talquait matin et soir comme une Anglaise après sa toilette.

– Je veux tout voir, réclama à son tour Sharmila.

Chandra souleva à nouveau son ordinateur et l'orienta de manière cette fois à faire entrer dans le champ de la mini-caméra son canapé-lit et le coin cuisine.

– Je ne suis pas à plaindre.

– La peinture s'écaille ! fit observer Sweety, son sac à dos sur les épaules, prête à partir.

Sharmila demanda :

– Et les couples, se tiennent-ils par la main dans la rue ?

– Oui. Il y a beaucoup d'amoureux et d'amoureuses qui s'embrassent sur les quais et les ponts.

– Je pourrai venir ? supplia Sharmila avec un grand sourire qui découvrit ses belles dents blanches.

Leur mère les interrompit :

– Les filles, c'est l'heure de partir. Votre père et moi nous aimerions bien dire deux mots à Chandra.

Sharmila et Sweety s'éloignèrent de l'ordinateur en geignant.

Chandra ne fut pas très bavard avec ses parents. Il omit volontairement l'accueil étrange que lui avait réservé son vieil hôte, trouvant prématuré d'en parler. Et puis Françoise Stern avait été, elle, si chaleureuse.

À ce moment-là, Chandra perçut au loin la petite voix d'Indir, sa grand-mère. Elle vivait dans une pièce au bout de l'appartement. Elle n'avait pas oublié qu'un Skype était prévu de bon matin. De toute façon, elle était debout depuis plusieurs heures. Elle dormait très peu et se réveillait vers 4 heures, à cause des perruches et des bergeronnettes qui, disait-elle, faisaient plus de raffut que des bookmakers pariant sur un match de cricket de l'Indian Champions League. Comme elle se levait la première, c'est elle qui, le matin, préparait le thé masala et les fruits frais pour le reste de la famille.

Chandra vit Indir s'approcher. Il était heureux de parler à sa grand-mère. Pour lui dire au revoir, il avait posé sa tête sur ses genoux puis avait fermé ses yeux un moment, comme lorsqu'il était enfant. Indir écouta son petit-fils avec attention. Il faut dire que, depuis quelque temps, elle n'y voyait plus grand-chose et qu'elle avait toujours considéré Skype comme un téléphone amélioré. Indir portait un sari bleu turquoise avec une bordure gris argenté et un haut imprimé vert amande avec de petits motifs floraux. Sa vue déclinante ne l'empêchait pas d'être coquette.

Pour saluer sa grand-mère, Chandra lui envoya un baiser, qu'elle lui rendit de sa vieille main ouverte. Puis elle fut prise d'un mouvement de légère panique. Elle se retourna, chercha sa belle-fille :

– Roshan!... Roshan! tu veux bien couper? je ne sais pas arrêter la machine.

7.

Le premier jour à l'Institut Henri-Poincaré, Chandra rencontra Mary et Dimitri, deux étudiants doctorants, comme lui, mais qui étaient arrivés un an plus tôt. Ils vivaient dans un internat voisin, situation que tout d'abord Chandra leur envia. Dimitri était un russe de Saint-Pétersbourg, et Mary une Américaine originaire de Milwaukee qui avait fait ses études à Princeton. Dimitri affichait toujours un sourire mi-emprunté mi-rêveur qui l'enveloppait d'une brume très légère. Il étudiait « la combinatoire des chemins » en algèbre, et Mary, une petite blonde au nez retroussé, « les méthodes statistiques en cosmologie ». Mais de leur propre aveu, l'un comme l'autre, leurs recherches, lectures, conversations avec les enseignants ou les professeurs invités, et surtout avec les autres étudiants, les avaient plus d'une fois détournés de leur sujet de recherche : « a right old mess », disait joyeusement Mary. Chose dont ils ne se plaignaient pas, au contraire, puisque ces réflexions et expérimentations que Dimitri nommait, lui, « exotiques » leur avaient permis à chaque fois de penser certaines questions autrement, d'aborder des champs nouveaux, et de faire même des trouvailles inopinées qui pouvaient produire dans leur propre domaine, ou dans des espaces connexes, des échos surprenants. Ils parlaient de cela dans la rue en marchant à midi dans le soleil d'automne avec Chandra qui était heureux de retrouver un peu de chaleur. Mary plissait les yeux et Dimitri, qui revenait d'un dimanche à Étretat dont il était rentré rouge écrevisse, cherchait vainement l'ombre. Les deux étudiants eurent envie de faire découvrir à Chandra leur Q.G. : Au P'tit Grec, un snack qui, comme son nom ne l'indiquait pas, proposait des crêpes bon marché à emporter. Là ils tombèrent par hasard sur Margot, une grande brune bouclée aux yeux clairs, étudiante en lettres modernes à la Sorbonne qu'ils avaient rencontrée à une fête. À cette soirée, Margot avait vu sous ses yeux son copain embrasser sa meilleure amie, avec qui il avait fini par partir. Mary et Dimitri avaient passé une partie de la nuit aux côtés de Margot, à l'écouter, la raccompagnant chez elle au petit matin, dans sa chambre de bonne de 8 m^2, où ils avaient bu à trois une bouteille de gin.

Ils présentèrent Chandra à Margot, dont le sourire très spontané, en une fraction de seconde, changea, laissant place à une expression plus sombre, plus lointaine, que tous, y compris Chandra qui la rencontrait pour la première fois, remarquèrent. Margot ne traîna pas, invoquant des partiels à préparer.

Dimitri, Mary et Chandra déjeunèrent sur un banc au Jardin des plantes. Leurs lèvres et le bout de leurs doigts luisaient de beurre et de fromage fondus. Ils commentèrent la tristesse de Margot, sa tendance, depuis sa rupture, à s'isoler. Dimitri, qui n'était jamais tendre avec les filles, et qui surtout avait été quelques jours plus tôt éconduit par Margot, la trouvait, avec ses mystères perpétuels et ses changements soudains d'humeur, assez caractérielle. Chandra comprit sans trop d'efforts que le plus caractériel des deux, sous ses airs affables, était en fait Dimitri. Quoiqu'il en soit, dans ce petit groupe d'étudiants alerte et joyeux, tout le monde taquinait régulièrement tout le monde.

Ils ne parvenaient pas à quitter leur allée ombragée du Jardin des plantes. À quelques mètres d'eux, devant un parterre de hautes graminées, une femme prenait un homme en photo. Elle lui demandait de se tourner de trois quarts. Par instants, c'est elle qui se déplaçait. À un moment donné, elle suggéra à l'homme de se fondre un peu plus dans les plantes. Tout en prenant des photos, elle disait qu'ils étaient chanceux, que la lumière était idéale. L'homme dépassa les graminées. Il s'approcha d'une haie de lauriers, et glissa sans bruit à travers le feuillage, ses mains, sa tête, ses épaules. Il avança et disparut complètement. Stupéfaite, la bouche ouverte, son amie tenait son appareil photo en l'air.

Les trois jeunes gens observèrent la scène, amusés. Puis ils repartirent travailler à la bibliothèque de l'institut.

*

Il faisait vraiment très chaud. La climatisation de la bibliothèque une fois sur deux ne marchait pas. Dimitri s'essuyait le front avec un mouchoir. Mary avait relevé ses cheveux, qu'elle avait attachés avec une pince.

Elle demanda à Chandra :

– Je vais chercher des petites bouteilles d'eau. Tu en veux une ?

Il ne répondit pas. Il était penché, imperturbable, sur un grand cahier à carreaux où étaient écrites à la main des équations et des notes. Un stylo Bic entre le pouce et l'index de la main droite. Une petite veine bleue lui sillonnait la tempe gauche.

Sur le rebord de la fenêtre derrière Chandra, un pigeon ramier se tenait parfaitement immobile, avec la même expression énigmatique.

Mary insista et parla un peu plus fort. Chandra leva la tête comme s'il n'avait rien entendu la première fois.

8.

– Entrez, je vous en prie. Klemens Kowalski était soudain d'une grande amabilité. La veille, Chandra l'avait trouvé tellement désagréable.

– Mon épouse doit bientôt arriver. Je vous sers quelque chose ? Il s'éloigna dans la cuisine. La porte du congélateur fit un bruit de ventouse. « Ici c'est vodka ou rien ! » Kowalski criait presque, de peur qu'on ne l'entende pas, puis il se mit à rire. Il revint avec trois verres posés sur un plateau en argent, qu'il tenait à deux mains, légèrement penché et marchant avec précaution. Ses bras tremblaient.

– Il ne faut pas que je me fiche par terre. C'est du cristal de Bohême tout de même. Ils sont dédorés mais on trinque toujours avec.

Chandra ne comprenait pas tout ce que lui disait Klemens. Mais il le trouva de plus en plus drôle.

– Cette première journée ? Vous êtes content de votre école ?

– Oui.

Klemens, bizarrement impatient, enchaîna tout de suite sur autre chose.

– Vous aimez la musique ? Il faut que je vous montre le premier étage.

Chandra montra son verre.

– Laissez ça là. On revient dans quelques minutes.

Klemens descendit l'escalier avec un certain entrain. Il semblait beaucoup plus stable sur ses jambes que la veille, comme si cette jeune présence à ses côtés, après l'avoir d'abord perturbé dans ses habitudes, lui inspirait maintenant, peut-être à cause justement de ce dérangement de ses habitudes, une poussée soudaine de vitalité. Il fit entrer Chandra dans le grand salon qui était encore en travaux. De grandes bâches protégeaient les meubles, les tables, les vitrines. Au sol, la moquette épaisse était elle aussi recouverte de polyuréthane. Cela sentait le white-spirit. En avançant, Klemens et Chandra s'enfonçaient légèrement, laissant dans la bâche quelques secondes après eux l'empreinte de leurs pas. Le long du mur de droite, il y avait un petit échafaudage à roulettes et, juste à côté, deux seaux à peinture rectangulaires occultés par un film alimentaire.

– Cela avait besoin d'être rafraîchi. Les tableaux et les meubles sont entreposés dans la réserve. Dans une semaine on accrochera la nouvelle exposition.

Chandra regardait les lustres enveloppés dans des draps.

– On dirait les grands sacs qui servent à la cueillette d'essaims d'abeilles, vous ne trouvez pas ?

Chandra précisa qu'en Inde on utilisait des paniers tressés.

Klemens, l'index recourbé en crochet, fit signe à Chandra de s'approcher.

– Venez voir le salon Chopin. Il a été refait l'année dernière. Je ne vous allume pas tous les spots, mais cela vous donnera une idée.

Les murs de la pièce étaient recouverts d'un papier peint à larges rayures vert pâle. De part et d'autre d'une cheminée en marbre, étaient disposées des vitrines où étaient conservés des objets très divers. Des bustes du compositeur de différentes tailles, un médaillon, une fausse orchidée, une plume d'oie, un petit encrier en verre portant des traces d'encre noire écaillée. Au centre, un piano. Tout dans cette pièce dégageait quelque chose de nostalgique et de lugubre. À l'exception de partitions originales qui, malgré leur état fatigué, leur couleur de poussière, portaient encore en elles, dans chaque note, chaque indication manuscrite – améliorations, ratures, repentirs –, une rapidité, une intensité, qui les rendaient très vivantes.

Klemens souleva délicatement le couvercle du clavier :

– Le pianoforte de Chopin... plutôt la réplique exacte du Pleyel qu'il avait chez lui lors de son séjour à Paris. Horowitz, lorsqu'il était de passage, voulait toujours le jouer. Une fois, après un récital à Gaveau, il a sonné en bas à trois heures du matin. Il en était fou.

Chandra contempla l'instrument. La rangée de touches d'ivoire dans la pénombre était phosphorescente.

Plus loin, dans l'axe du pupitre, on distinguait, posé sur une tablette, le moulage en plâtre de la main de Chopin.

– On dirait qu'elle se soulève un peu, n'est-ce pas ?

L'attention de Chandra se porta sur une affichette ornée d'un décor d'arabesques et de fleurs calligraphiées.

– Cela vous intrigue ? C'est un bon pour un bal. À l'époque toute l'émigration polonaise de Paris se retrouvait à l'Hôtel Lambert, quai d'Anjou, chez le prince Adam Czartoriski. À la fin des années 1950, le baron de Rédé a relancé la tradition. À son bal oriental, on rencontrait Salvador Dalí, Serge Lifar, Vincente Minnelli, l'Aga Khan, les Rothschild, Brigitte Bardot en bikini argenté. Les invités étaient accueillis dans la cour d'honneur par deux grands éléphants en papier mâché. Les plats et le service étaient somptueux. Dans chaque rince-doigts flottait une rose. Je dois avoir un carton d'invitation quelque part.

Chandra n'écoutait Klemens que d'une oreille. Il mélangeait les dates, les bals, et trouvait tout cela un peu étrange.

– Vous pourrez revenir, suggéra Klemens, qui eut peur de fatiguer son jeune visiteur.

Ils traversèrent un couloir dont les murs étaient occupés par de hautes bibliothèques noires. Sur un rayonnage, Chandra aperçut une photo représentant un maharajah entouré d'enfants. Il eut à peine le temps de se pencher, quand une voix féminine s'éleva de l'escalier :

– Ouuhouuh… !

– C'est Ingrid ! s'exclama Klemens. Je vous montrerai la bibliothèque une autre fois.

– On arrive… ! cria-t-il.

Quand Chandra vit Ingrid, une femme aux longs cheveux blancs nattés en tresse, le visage ouvert et lumineux, yeux bleus, pantalon et blouson de cuir, un casque de moto sous le bras, il eut de la peine à masquer sa surprise.

– Je te présente Chandra, dit Klemens.

Elle retira ses gants renforcés et tendit à l'étudiant sa main fine, piquetée de taches de son :

– Bonjour, jeune homme. Enchantée !

Puis elle s'approcha pour lui chuchoter à l'oreille :

– Ne faites pas attention, Klemens et moi nous avons l'air de dragons, mais en réalité, nous sommes des gens amusants, vous verrez. À Klemens :

– Tu nous abandonnes comme ça ?

Klemens s'empressa de servir à nouveau de la vodka.

– Avec de la tequila et un peu de grenadine, cela s'appelle un « baiser défendu », dit-elle. À la vôtre ! À votre séjour à Paris ! Aux mathématiques ! Aux Indes !

– On ne dit plus « les Indes », ma chérie. C'est fini depuis longtemps, les colonies.

– Je sais, je plaisante. Je te rappelle que c'est ma tante Barbara qui a traduit tout Gandhi en polonais.

Au moment de partir, Chandra se fit la réflexion que ses logeurs ne lui avaient pas réclamé ses papiers. Il se dit qu'en fait il allait habiter chez d'étranges grands-parents, un couple de vieux excentriques mal assorti.

*

Chandra avait pris dans ses bagages des objets qui avaient pour fonction de lui rappeler son quotidien à Calcutta. Une balle de cricket ayant appartenu à son grand-père. Du thé masala en poudre, un savon glycériné rose transparent parfumé au bois de santal. Un kit de géométrie en plastique comprenant une équerre graduée, mordillée, brisée à un endroit, rafistolée au scotch, un rapporteur, un double décimètre, qui, à force d'avoir subi les assauts incessants d'une pointe de Bic ou d'un cutter, ne pouvait même plus servir à tracer de trait droit. Vestiges de l'école primaire qui maintenant servaient à Chandra de marque-pages ou de grigris. Objets qu'il lui suffisait de regarder ou de savoir simplement là, à portée de main, pour que ceux-ci l'aident dans la résolution d'un calcul ou d'un raisonnement.

9.

Des mousses vertes tirant sur le mauve, tantôt brassées, tantôt stagnantes. Îlots irréguliers, dispersés ou au contraire réunis en archipel dans un grand bassin. À leur surface se formaient des bulles de fermentation, petits dômes qui éclataient, laissant place à une pellicule plus ou moins épaisse, qui, exposée au soleil, épaississait, coulait et se déposait au fond de l'eau. Au bord courait une longue bande brunâtre d'aspect spongieux. Dans une autre cuve, il y en avait trois en tout, là où l'azote était oxydé en nitrates et les nitrates réduits en diazote, on assistait à des effets de décoloration, de mutations : un gris-noir ou rougeâtre ou un vert olive foncé s'éclaircissaient, devenaient gris-blanchâtre et vert citronnelle. Enfin, dans la troisième cuve, une dernière décantation permettait de séparer l'eau traitée des boues récupérées au fond du bassin par le pont racleur. À l'issue de ce long processus, l'eau pouvait encore contenir par endroits des particules résiduelles, comme un léger voile mobile, à l'intérieur d'un monde redevenu, grâce à l'effet conjugué de la décantation et du rayonnement solaire, presque transparent. Il fallait entendre Manoj décrire ces phénomènes issus de ce laboratoire naturel. Les couleurs, les textures. L'entretien de ce grand cloaque était son gagne-pain et sa fierté. À ses côtés travaillaient quatorze employés : cinq ouvriers de maintenance, deux ingénieures en informatique, deux mécanos, un homme-grenouille, une femme de ménage, un conseiller juridique, un gardien, un chauffeur.

Manoj était un homme grand et robuste qui, lorsqu'il marchait, semblait déplacer avec lui plusieurs mètres cubes d'air. Lorsqu'il parlait de son usine de traitement des eaux, c'était en des termes qui surprenaient toujours celles et ceux qui l'écoutaient pour la première fois. Sa famille et ses amis, eux, avaient l'habitude. Manoj nommait « étang » la cuve d'eaux polluées en attente et « marais » la zone où l'eau était en cours de traitement. Il ne s'agissait pas d'images. Pour lui, ce site était un creuset, un lieu de métamorphoses. Les eaux usées provenaient de lieux précis. Elles portaient en elles, disait-il, le souvenir de maisons, de rues, de sols, et de champs inondés. Elles charriaient toute une histoire et une géographie. Ces eaux étaient elles-mêmes traversées par plusieurs cours d'eaux bouillonnants, qui, pour Manoj, n'avaient rien de repoussant. Il faut dire que les eaux sombres lui étaient familières depuis l'enfance. Manoj avait en effet connu le temps où s'étendait, à l'est de Calcutta, un vaste réseau de canaux débouchant sur 12 000 hectares de marais : The East Calcutta Wetlands. De grandes étendues humides, où alternaient les zones de filtrage ouvertes, et les bheri, des mares à poissons qui occupaient des espaces plus circonscrits. Le tout était alimenté quotidiennement par les égouts de la ville. Là prospéraient les roseaux, les nénuphars, les jacinthes d'eau et diverses espèces de poissons. Les jacinthes d'eau captaient les métaux lourds pendant que certains poissons, principalement les tilapias et les carpes, eux, consommaient le phytoplancton. Autrement dit, les plantes et les poissons nettoyaient ensemble, dans des proportions notables, les eaux polluées. Manoj avait appris, grâce à une étude menée par le ministère de l'Agriculture dix ans plus tôt, que les vingt tonnes de poissons ramassées quotidiennement dans les filets des pêcheurs étaient moins toxiques que bon nombre d'espèces pêchées dans le golfe du Bengale. Ces captures fournissaient ainsi largement Gariahat et Park Circus Markets, les deux grands marchés alimentaires de Calcutta. Sans compter les étals de quantité d'autres revendeurs, couvrant ainsi un tiers de la consommation en poisson de la mégalopole. Cette chaîne originale et peu coûteuse faisait vivre au total près de cent mille personnes, à travers neuf coopératives, tout en apportant une vraie réponse au problème du traitement des eaux polluées.

En quelques années, malgré les conventions internationales, les recommandations officielles du gouvernement, et sous la pression d'une urbanisation effrénée, cette zone humide s'était trouvée fragilisée, menacée. Faute d'entretien, les canaux s'étaient envasés et n'avaient plus réussi à diriger autant et aussi régulièrement les eaux vers le marais, dont la superficie au même moment n'avait cessé de diminuer. Personne ne pouvait arrêter les promoteurs immobiliers, les spéculateurs, l'expansion rapide de la ville, qui comptait maintenant quatorze millions d'habitants. Les multiples chantiers, les constructions d'hôtels et d'autoroutes, tout était réuni pour faire disparaître le grand marais, qui serait bientôt asséché ou comblé par des déchetteries géantes à ciel ouvert. Des tas d'ordures grandissaient ou se déplaçaient, acheminés par des camions qui expulsaient de leurs flancs des tonnes de détritus en quelques heures, le plus souvent la nuit. De nouveaux monticules qui peu à peu allaient devenir de vraies montagnes apparaissaient ainsi au petit jour, entrailles de la ville encore fumantes.

Manoj qui jadis se promenait parmi les grandes fougères et les jacinthes d'eau, avait assisté à tous ces changements. Il avait constaté la multiplication des déchetteries sauvages et la raréfaction du poisson provenant de cette zone.

Il fit alors le raisonnement suivant : les égouts de Calcutta ayant perdu 80 % de leur capacité, la ville ne cessant de grandir, le marais était voué à totalement disparaître. Il fallait inventer quelque chose, d'autres systèmes de traitement. Monter des structures locales capables d'échapper à la mainmise des grands groupes français Panama et Argia. Manoj, encore jeune chercheur en ingénierie hydraulique, avait mandaté un cabinet d'études, visité un site pionnier à New Delhi et un autre à Dhaka. À l'époque, le coût réel du traitement de l'eau restait très élevé. À Calcutta, il aurait fallu facturer l'eau 4,61 roupies les mille litres au lieu de 1,99 roupie, ce qui était pratiquement impensable. Manoj réussit malgré tout à négocier un contrat honnête avec la Régie des eaux (Water Supply Department), et surtout, il obtint un prêt à un taux très avantageux auprès de sa banque ainsi qu'une subvention du Central Ground Water Board, un fonds national d'aide au traitement de l'eau.

Tout cela lui avait permis de se lancer. Achat d'un terrain de quarante-huit hectares. Travaux de terrassement et de maçonnerie qui avaient impliqué, pendant près d'un an, des routiers, des livreurs, des ingénieurs, ouvriers dont certains dormaient sur place, souvent accompagnés de leur famille, sur des lits en fer tendus de sangles. Il avait fallu faire venir soixante stères de bois pour le coffrage des grandes cuves de douze mètres de diamètre sur quatre mètres de haut. Couler soixante-dix tonnes de béton. Enterrer deux kilomètres et demi de tuyaux. Relier vingt-cinq boîtiers à une forêt de câbles et de circuits, pour surveiller à tout instant la pression.

Manoj se rappelait le premier jour, le raccordement des conduits à de minces filets d'eaux noirâtres qui, à certaines heures, se transformaient en véritables torrents dont on pouvait percevoir, à travers les tuyaux, le grondement.

Son usine était devenue assez vite prospère, même si la concurrence avec les grands groupes internationaux et les nouveaux opérateurs locaux restait âpre. Tous s'affrontaient pour le contrôle de ce secteur. Le marché de l'eau, *water business*, comme on l'appelait, explosait.

10.

Quand il se rendait à l'Institut Henri-Poincaré, Chandra avait pris l'habitude d'emprunter le quai de Béthune, qui descendait puis remontait en pente douce. De là il pouvait voir les aménagements des bords de Seine et le reflet des péniches aux hublots cerclés de cuivre amarrées port de la Tournelle. Sur le quai, le revêtement du parapet était abîmé, raccommodé, reprisé comme un vieux manteau fatigué auquel on avait dû adjoindre des pièces, en l'occurrence des rubans de ciment. Dans les anfractuosités poussaient de minuscules plantes ou des mousses dont s'élevaient des tiges très fines, surmontées de petites graines que Chandra avait envie de toucher. C'était un jardin miniature sur un sol étrange. Une lune fertile. À un endroit, Chandra crut reconnaître ce jour-là des entailles dont les traits, mis bout à bout, formaient comme des grilles ouvertes ou des lettres en majuscule. De l'autre côté du quai, au premier étage d'un immeuble en pierre de taille, il aperçut aussi, derrière de hautes fenêtres, des garçons et des filles dans d'étranges attitudes. Un garçon parlait en fermant le poing devant sa bouche. Une fille était tournée dans la direction du quai, la main posée sur le front. Pour ne pas avoir l'air d'espionner, Chandra ne les fixa pas, il promena son regard sur la façade, comme pour étudier le bâtiment, empruntant des trajets différents, qui lui permettaient de passer à plusieurs reprises, discrètement, par le premier étage. Qui pouvaient être ces garçons et ces filles? D'où venait ce côté surjoué? Était-ce de jeunes acteurs qui se donnaient la réplique?

*

À l'époque où il suivait son cours de français, Chandra avait acheté un dictionnaire français-hindi de la collection « L'Asiathèque ». Il l'avait mis dans ses bagages. À Calcutta, le livre avait pris l'humidité et il s'ouvrait maintenant toujours aux mêmes pages : « coulisse » et « métal ». Depuis son arrivée à Paris, Chandra cherchait une occasion de prononcer ou d'entendre ces mots.

11.

Indir se réveilla d'elle-même, juste avant que les perruches et les bergeronnettes, réunies dans les arbres par centaines depuis la veille au soir, ne tressent leur treillis de chants au-dessus de Bidhan Sarani.

Le premier mouvement d'Indir lorsqu'elle se levait était de se diriger vers la fenêtre. Aussi surprenant que cela puisse sembler, étant donné le degré de pollution atteint depuis près de dix ans dans la ville et qui rendait l'air irrespirable, Indir trouvait que Calcutta sentait bon. Le visage orienté vers les oiseaux qu'elle ne voyait pas mais devinait à leurs frémissements d'ailes et légers pépiements dans les feuillages, elle écoutait. Comme une interprète attentive, s'apprêtant à traduire ce qu'elle entendait. Une fois Chandra l'avait surprise, observant en cachette l'expression de sa grand-mère aux aguets.

Ensuite Indir se consacrait à une tâche qu'elle accomplissait quotidiennement depuis qu'elle était jeune fille. D'abord pour ses frères et sœurs, puis pour son époux et ses cinq enfants, et maintenant qu'elle habitait Bidhan Sarani, pour son fils, sa femme, et ses petits-enfants : la préparation des fruits.

Les deux seules fois où Indir n'avait pas eu la force d'accomplir cette tâche avaient été le 24 novembre 1979, jour de la mort de son père, et le 3 décembre 1984, le lendemain de l'accident chimique de l'usine Union Carbide à Bhopal.

Ce matin-là du mois de septembre 2018, alors que toute la famille dormait, Indir éplucha trois mangues. Elle guidait la lame d'un petit couteau avec le pouce à la surface du fruit. Découpait ensuite de longs quartiers qu'elle déposait dans une assiette creuse. Les fruits variaient suivant la saison : mangues, papayes, grenades, goyaves, caramboles. Indir les choisissait généralement elle-même au marché de Hatibagan Bazar ou chez un vendeur ambulant du quartier. Les fruits étaient remisés dans l'arrière-cuisine, un endroit ventilé, à l'abri de la chaleur, sous une cloche en tulle pour les protéger des insectes.

Comme chaque matin, Indir était assise, en dépit de son grand âge, à même le carrelage de la cuisine. Une jambe repliée sous elle et l'autre comme une petite montagne devant elle, qu'elle bougeait de temps en temps, pour la désengourdir, et dont les légers mouvements redistribuaient, à intervalles irréguliers, les plis sinueux de son sari. Elle découpait les fruits au-dessus d'un journal ouvert. Ceux-ci gouttaient sur les grands titres et les articles, les constellant de taches jaunes ou rouge vif, qui s'agrandissaient au contact du papier, mordant les unes sur les autres, pour former, comme sur un buvard, d'étranges figures qui, si le journal était placé dans le bon sens, attiraient l'attention d'Indir sur telle ou telle information, ou au contraire l'en éloignaient, parce que les caractères se trouvaient soudain brouillés et que les déchiffrer demandait trop d'effort. Dans tous les cas, grâce à ces gestes simples et au contact de fruits mûrs, l'actualité, qu'elle fût lisible ou non, se voyait raccordée aux cycles des choses passagères et périssables.

Comme il faisait déjà chaud ce jour-là, Indir déposa les mangues découpées dans un bol garni de glaçons. Elle lava ses mains encore poisseuses du jus sucré. À l'est, entre les immeubles, montait peu à peu le grand disque rouge orangé du soleil.

*

Sharmila et Sweety étaient toujours les premières à se précipiter le matin sur les fruits préparés par leur grand-mère. Elles les posaient sur leur petite langue de lézard et en quelques secondes les engloutissaient. Magnanimes, elles laissaient deux ou trois bouts de fruit sur l'assiette pour leurs parents et leur grand frère, plutôt deux que trois, et souvent un seul, moins attirant, qui ne leur disait rien.

12.

Les séminaires de recherche de l'Institut Henri-Poincaré n'avaient pas encore commencé. Chandra travaillait le matin dans sa chambre, assis en tailleur, son ordinateur ou un grand cahier calé sur ses cuisses. Il pouvait s'installer comme cela à peu près n'importe où. Sur un canapé, une banquette, un fauteuil large, un banc, ou sur le vieux parquet d'une chambre de bonne.

En début d'après-midi, il retrouvait Dimitri et Mary à la bibliothèque. Dimitri travaillait depuis plusieurs années sur des questions de combinatoire algébrique. Il estimait qu'il lui faudrait encore deux ou trois ans encore avant de pouvoir finir l'article qu'il voulait consacrer à ce sujet. Il s'était plusieurs fois fâché et réconcilié avec son directeur de recherche. C'était pour lui une aventure au long cours. « Une lune », disait-il.

La bibliothèque de l'institut n'était pas immense mais elle recelait des trésors. Tous les numéros reliés d'*Acta Mathematica* et de *Fundamenta Mathematicae*, des centaines de périodiques du monde entier, en accès libre. Dans une petite salle à part étaient conservées des éditions anciennes d'ouvrages historiques : la *Théorie sur la mesure du risque* de Daniel Bernoulli, *De la gravitation* d'Isaac Newton dans la traduction d'Émilie du Châtelet et *Sur quelques séries infinies* de Nicolas Condorcet. Et puis, dans des vitrines réparties à différents endroits de la bibliothèque, était exposée une collection de modèles mathématiques datant pour la plupart des années 1920, qui matérialisaient en trois dimensions un ensemble de figures, équations, théorèmes, liés à la géométrie non euclidienne. Objets pédagogiques de la taille de maquettes, ils pouvaient être en plâtre, en bois ou en papier mâché et étaient souvent gravés de lignes ou traversés, comme d'espèces de harpes, de fils tendus. Chandra connaissait ces modèles pour les avoir vus reproduits dans des livres de mathématiques. Mais il n'avait jamais eu l'occasion d'en contempler de près. Au bout de quelques jours,

Chandra, intrigué, aborda Philippe, le bibliothécaire. Un grand type au teint pâle et au regard doux. Il lui demanda s'il accepterait d'ouvrir pour lui quelques vitrines. Philippe voulut bien. Mais cela ne pouvait pas s'improviser. Philippe donna rendez-vous à l'étudiant le surlendemain, profitant d'une matinée de fermeture de la bibliothèque, pour lui montrer un choix de pièces de la collection.

13.

Chandra avait eu très tôt le goût des chiffres et de leur mise en relation. Ses premiers calculs, il les effectua à l'âge de quatre ans, à l'aide de petits cailloux qu'il collectait dans la rue. À cinq ans, il connaissait la table des puissances de 2 jusqu'à 10 000, par simple calcul mental. En s'endormant le soir, il s'interrogeait sur le sens de certaines suites 7 × 7 (49) – 6 × 6 (36) = 13 (7 + 6), pressentant qu'elles cachaient quelque constante ou propriété magique qu'il ne savait pas encore nommer. À huit ans, il voulut connaître le nombre de feuilles d'un vieux micocoulier dans le parc de Maïdan. Un jour, en sortant de l'école, il s'arrêta au pied du grand arbre et leva la tête pour essayer de compter chaque feuille dentelée. Cela lui prit deux semaines. Il en trouva 85 019. À neuf ans, il se mit à recopier sur un carnet tous les scores des matchs de cricket de la saison. À dix ans, il connaissait par cœur la progression de chansons populaires bengalies dans les classements que publiaient les journaux. Il adorait voir un titre passer de la 52e à la 14e puis à la 6e place. Il retenait toutes sortes de résultats et de listes chiffrées dont les enfants comme les adultes en général se désintéressaient.

Il aimait aussi, dans la cour de son école, jouer à kitnakitna. Un jeu qui consistait à chanter une comptine en sautillant. Au signal lancé par le maître de la partie : « Kitna Kitna hé », suivi d'un chiffre qui ne pouvait pas dépasser le nombre de participants, les joueurs devaient se rassembler à toute vitesse en groupes correspondant au chiffre annoncé. À l'annonce de zéro, il fallait s'accroupir. Dans tous les cas, le moins rapide était éliminé.

Chandra se rappelait très bien le premier exercice de calcul mental que lui avait posé à la maison son grand-père : « Un verger comprend 176 grenadiers. Pour l'agrandir, le propriétaire décide de planter 4 rangées supplémentaires de 8 grenadiers. Combien y a-t-il maintenant de grenadiers dans le verger ? » Il arrivait encore à Chandra de consulter au dos d'un vieux cahier, qu'il avait gardé par-devers lui, les tables de multiplication qui y figuraient. Il s'était entretenu un jour du rôle de ces tables avec Dulal Dutta, son professeur à l'université. Ce dernier lui avait expliqué qu'une machine à calculer ou un ordinateur n'offriraient jamais à notre vue avec autant de simplicité, l'architecture de lignes et de colonnes, ce réseau ténu de chiffres et d'entrecroisements, que proposaient ces tables, proches des premières et très anciennes tables à calcul, et à l'intérieur desquelles notre esprit aimait circuler. Quelque chose s'y élaborait, y décantait, s'intensifiait, même si personne n'avait jamais su dire quoi.

Dès la fin du lycée, un problème mathématique à résoudre pouvait obséder Chandra des jours, des semaines, des mois. Mais il devait mettre par écrit ses idées quelque part, sur un bout de papier, ou dans l'application « notes » de son téléphone, ce qu'il avait sous la main. Mais pas tout de suite. Ni trop tôt ni trop tard. Pour donner la possibilité aux choses de s'éclaircir d'elles-mêmes. Lorsqu'il entrapercevait une solution, au moins une piste, alors cela pouvait être rapide. La pensée avançait par poussées soudaines. Une longue patience, suivie d'une brusque impatience. Par ailleurs, même enfant, Chandra n'avait jamais été animé par l'esprit de compétition, mais par le plaisir pur de résoudre des problèmes. Explorer des mondes, plonger à une profondeur qu'il ne connaissait pas.

14.

En rentrant d'Alampur, Manoj constata la progression des travaux de la double voie qui serait bientôt capable de soutenir un trafic plus lourd. À cette heure, les néons accrochés dans les arbres et autour des échoppes s'allumaient. Nuée de petits traits de lumière blanche un peu dure mais qui, filtrée par les bâches, devenait verte ou bleue. Sur cette section du parcours, des cantines proposaient des plats à emporter ou à manger sur place sous un auvent. Des marchands ambulants profitaient des encombrements et s'avançaient au milieu de la route pour proposer du thé, de la limonade et du *paan* – des feuilles de bétel pliées en triangle et fermées par un clou de girofle, fourrées à la noix d'arec au goût très sucré. Les clients recevaient leur boisson ou leur friandise à travers la vitre baissée de leur portière de voiture ou dans leur rickshaw. Quant aux cyclistes et motards, ils s'arrêtaient à la hauteur des vendeurs, et repartaient aussitôt. Le tout dans un indescriptible brouhaha de moteurs, de conversations et de vie.

Ce soir-là le ciel s'était rapidement assombri. Il se mit à pleuvoir.

Manoj arriva chez lui sous une pluie battante. Pour se délasser et participer au repas du soir, il se lança, « en hommage à Chandra », avait-il annoncé à sa famille, dans une recette française qu'il avait trouvée sur internet, dans la catégorie « quick and easy recipe » : les œufs mayonnaise. L'occasion pour Manoj d'inaugurer un robot mixeur qu'il venait d'acheter en promotion. Il partit se procurer chez l'épicier le plus proche un plateau de trente œufs, trois pots de moutarde et un petit bidon d'huile d'arachide. Entre-temps, il avait énormément plu et le quartier était inondé. L'épicerie, qui n'en était évidemment pas à sa première mousson, avait rehaussé tout ce qui était au sol et amarré les bidons avec des sangles. Un sac rempli de noix de cajou qui avait échappé à la vigilance de l'épicier se renversa. Une ligne serpentine de petites demi-lunes franchit le seuil de l'épicerie et devint, pour un chien maigre se tenant au sec sur un rebord de pierre, un objet de vive convoitise. Manoj et l'employé du magasin chargé des livraisons traversèrent la rue en soulevant leurs courses. Ils croisèrent un homme qui tenait d'une main ses chaussures et de l'autre son attaché-case, et un vieillard portant à bout de bras, comme son unique trésor, une machine à coudre Pfaff qui devait avoir son âge. La pluie redoublait. Elle tendait sur les façades en briques badigeonnées de blanc, sur les devantures des boutiques, et sur le ciel, de grands filets serrés de hachures, qui avançaient, se tordaient, et laissaient sur la peau de petites morsures. Manoj en rentrant était trempé, il avait dû se changer complètement. Roshan lui avait demandé si ce n'était pas un peu trop trente œufs. Le bruit du robot mixeur couvrit bientôt toute conversation. Manoj transvasait au fur et à mesure la mayonnaise dans de grands saladiers. On ne pouvait plus l'arrêter. Ses filles vinrent l'une après l'autre dans la cuisine observer, mi-hilares, mi-consternées, leur père. En moins d'une heure, il y eut dans divers récipients, saladiers, bols, tupperwares, au bas mot cinq kilos de mayonnaise. Toute la soirée, dans le quartier encore inondé, la famille Roy procéda à une distribution de petites barquettes, que chacun se passait de main en main, ou dans des paniers en osier que l'on hissait dans les étages des maisons au moyen d'une poulie, en criant, avec une gourmandise amusée : « La miyunnaise de Paris ! »

*

Cette nuit-là Manoj fit un rêve étrange. Il se revit enfant dans les Wetlands. Un pêcheur sur une barque enfonçait une grande perche dans l'eau sombre, la relevait et s'éloignait lentement, sans à-coup. Manoj était entré dans l'eau pour observer, sans être vu, un grand jabiru. Un échassier aux pattes rouges et au plumage noir avec des reflets bleutés, doté d'un long bec puissant. Manoj avançait parmi les joncs et les nénuphars, dont il écartait doucement les longues tiges et les feuilles avec la main. L'eau était tiède. Des algues et de petites grappes translucides – des œufs d'insectes ou un frai de poissons – restaient collées sur la peau de ses avant-bras et sur son ventre.

15.

Chandra et Margot s'étaient revus au Strada café, rue Monge. Chandra l'avait reconnue de dos, à ses longs cheveux bruns et bouclés tombant sur ses belles épaules. Elle portait un pull beige en coton à grosses mailles.

– Ah c'est toi? avait-elle dit, à peine surprise.

Elle lisait une nouvelle d'Isabelle Eberhardt qu'elle annotait au crayon dans la marge. Margot cette fois-ci se montra un peu plus loquace. Elle dit à Chandra que l'auteure était une grande voyageuse, convertie à l'islam, écrivant tantôt au féminin, tantôt au masculin. Qu'elle avait fréquenté les fumeries de kif et d'opium habillée en homme.

Chandra lut les premières lignes du livre en se demandant si son niveau de français lui permettait de se lancer dans un texte de littérature aussi long.

– Moi-même je ne comprends pas tout, tu sais.

Margot proposa à Chandra de lui prêter plutôt un recueil de lettres et de nouvelles d'Isabelle Eberhardt.

– J'habite juste à côté, rue de Pontoise. Allons-y.

La chambre de Margot était minuscule avec des affaires posées par terre en vrac, au milieu de piles de vêtements. Au mur était affichée une vieille pochette de 33 tours de Simon & Garfunkel, *Bridge Over Troubled Water*, sur laquelle Paul Simon porte une écharpe écossaise. Art Garfunkel, debout juste derrière lui, le dépasse d'une tête. Chandra, heureux de trouver un point de complicité, dit :

– Je les aime beaucoup moi aussi ! Leurs voix sont comme deux lignes superposées qui avancent sans coïncider totalement, avec un léger décalage... (il posa son doigt sur la tête d'Art)... exactement comme sur la photo de cet album... Tu sais que c'est parce qu'il était mathématicien qu'Art Garfunkel a pu échapper à la guerre du Vietnam ?

Margot regardait la main et la naissance du bras de Chandra. L'éclat de sa peau brune.

– Comment ça ?

– Il était inscrit en doctorat de mathématiques à Columbia en 1963.

– C'était avant de chanter ?

– Il faisait déjà les deux.

Une peau douce à la peau. Qu'elle rêvait de caresser. C'est à cela que Margot pensait tandis que Chandra levait les yeux de l'image imprimée pour plonger son regard dans le sien.

*

En rentrant chez lui, Chandra commença *Écrits sur le sable* d'Isabelle Eberhardt. Par le vasistas entrouvert de sa chambre, il pouvait entendre le son d'une radio qu'écoutait un voisin, une bouilloire électrique et des bribes de conversations. Rien ne le gênait vraiment. Cela dessinait autour de lui un paysage invisible, déjà familier, qu'il aimait retrouver, et qui l'aidait même à se concentrer.

16.

À l'Institut Henri-Poincaré, Françoise Stern considérait avec découragement tout ce qu'elle n'avait pas pu effectuer la veille, l'avant-veille et depuis une semaine : dossiers de candidats, lettres de recommandation, divers courriers administratifs, nouveaux articles d'anciens étudiants ou de collègues qui s'accumulaient en piles sur son bureau. Une carte postale représentant une grande cascade de montagne s'était détachée de la partie centrale de son ordinateur. Elle colorait, à l'endroit où elle était tombée, le linoléum.

Chandra devait suivre à 10 heures un séminaire. Il buvait un café près de la machine du rez-de-chaussée. Dimitri arriva, dépenaillé, la chemise mal boutonnée. Il dit à Chandra avec son accent russe, toujours plus marqué le matin, et sa façon de sourire légèrement sur le côté :

– Je me suis endormi tout habillé. Je viens de me réveiller. Il faut que je déplie mes synapses.

Chandra lui tendit son café.

– Merci.

Les yeux de Dimitri encore ensommeillés, qui semblaient regarder sans voir, se fixèrent soudain sur un point précis :

– Tu vois ce type qui passe devant nous ?

– Celui avec la veste marron ?

– Oui. Tu as remarqué son air fuyant ?... Il m'évite, c'est évident.

– Pourquoi ?

– Il a lu mon dernier article. Il trouve que c'est un raisonnement de vieux. Je lui fais honte.

Chandra et Dimitri entrèrent dans l'amphithéâtre avec d'autres étudiants. Les rideaux occultants formaient deux masses noires à droite et à gauche d'une grande baie aux vitres poussiéreuses. La toile était déchirée ici et là, autour des œillets, formant des taches de lumière blanche aveuglante, qui contrastaient avec des zones opaques. L'exposé du jour était proposé par Leslie Lamport, un théoricien et chercheur en informatique, spécialiste d'algorithmique, professeur au MIT de Cambridge dans le Massachusetts et à la Bronx High School of Science de New York. Prix Turing 2013. Une sommité dans son domaine. La conférence s'adressait aux doctorants de l'IHP mais aussi aux étudiants en mathématiques de l'université Paris-Diderot.

Chandra interrogea Dimitri :

– Tu connais ses travaux?

– Évidemment. C'est déjà la préhistoire.

Chandra rapprocha son visage de celui de Dimitri, s'efforçant de prendre un ton sérieux :

– Comment peut-on vivre sans LaTeX?

Les deux amis pouffèrent de rire comme des adolescents.

L'intitulé de la conférence : « How to Write a Proof? » avait été traduit par « Comment écrire une démonstration au XXIe siècle ». La salle était maintenant pleine à craquer. Le sujet avait attiré un public assez jeune. Un professeur de l'institut présenta le chercheur américain, « qu'on ne présentait plus », dit-il. Deux étudiants tirèrent ceux des rideaux qui étaient encore en état d'être manipulés. Après quelques remerciements, Leslie Lamport commença son exposé. Il parlait en français avec un léger accent. Il commenta les transparents rédigés, eux, en anglais, qu'il envoyait depuis son ordinateur. Les projections éclairaient d'une étrange lueur le visage des garçons et des filles qui occupaient les premiers rangs. Le chercheur portait un jean délavé et un tee-shirt avec un dessin imprimé que Chandra, de là où il était assis, ne parvint pas à voir distinctement. Dimitri trouva à Leslie Lamport, avec ses cheveux grisonnants, sa barbe courte et son allure d'éternel étudiant, un petit air de Steven Spielberg. Le conférencier procéda à un bref historique des formules mathématiques, autrefois entièrement énoncées au moyen de mots, maintenant exprimées à l'aide de symboles. L'ancienne écriture associée au système des preuves verbales, insistait Leslie Lamport, avait engendré beaucoup d'erreurs d'interprétation. Avec Word ou même MathType, aujourd'hui, on ne s'en sortait pas. Les versions des logiciels de traitement de texte devenaient toutes, à un moment ou un autre, obsolètes. Grâce à LaTeX, pour peu qu'on utilise encore des ordinateurs dans vingt ans, les documents resteraient toujours lisibles. Et en rendant les étapes de chaque démonstration accessibles par hypertexte, on pouvait montrer, ou au contraire masquer, les démonstrations intermédiaires et mettre surtout au jour les erreurs altérant un raisonnement, découvrir par exemple qu'un théorème ou un algorithme était erroné. LaTeX n'était pas un Wysiwyg (What you see is what you get). On ne voyait pas sur l'écran ce qu'on allait obtenir. On tapait les commandes dans un fichier et on lançait le programme. Au début (à la fin des années 1980), il fallait connaître toutes les commandes. Maintenant, grâce à TexMaker et TexShop ou Kile sous Linux, ce n'était heureusement plus le cas, et il existait de nombreux raccourcis. Ces progrès typographiques et éditoriaux mis au service des systèmes de preuve par ordinateur ouvraient un champ infini de possibles à la recherche mathématique. Leslie Lamport semblait avoir une confiance illimitée dans les ressources de son programme. Il se tenait debout devant un écran blanc qui cachait partiellement un long tableau vert occupant presque tout le mur du fond de la salle. Sa main droite tenait un stylo laser dont le faisceau rouge formait sur l'image projetée des traits heurtés, ou au contraire des arabesques souples, comme une trajectoire de vol d'insecte. Il démontrait qu'un graphe, avec son appareil de notes, de points, de flèches, devenait lui aussi très vite illisible et limité pour décrire des choses complexes. Le chercheur se tourna brusquement vers l'amphithéâtre, adoptant une adresse plus directe qui surprit tout le monde :

– Combien de lignes de définition faut-il pour écrire la démonstration de l'intégrale de Riemann ?

Il y eut un silence.

Dans les premiers rangs, un étudiant répondit : 42. Leslie Lamport demanda au public de lever la main si quelqu'un pensait que c'était plus… Dimitri murmura dans l'oreille de Chandra :

– Ce type invente en 2018 la formation des preuves… quel génie ! Je préfère le vrai Steven Spielberg…

Trois mains timides se levèrent.

– 20, 40, 30 ? Le chercheur ajouta :

– Certains disent 10 pages, 50 pages… Avec une écriture de preuves structurées, une telle démonstration ne fait que 12 lignes. Dans de brefs et fugitifs instants, le laser rouge se posait pour marquer d'une piqûre un terme, ou une opération que le chercheur voulait souligner. Les jeux de chromatisme, de relief, les effets de tridimensionnalité, qui tentaient de conférer une réalité, un grain troublant, à un énoncé, rien dans ces tentatives de visualisation ne rivalisait, pour Leslie Lamport, avec l'écriture symbolique et une bonne démonstration structurée. Le chercheur posait parfois son stylo laser pour libérer ses mains, qui prenaient alors le relais, dessinant encore d'autres tracés dans l'air, que l'auditoire, pourvu qu'il suivît un peu, pouvait presque voir dans l'espace, comme dans certaines scènes mystiques – annonciation, révélation, vision d'alphabet céleste –, tant le mathématicien habitait sa démonstration et avançait physiquement vers ce qu'il voulait exprimer. Leslie Lamport conclut. On ralluma la salle. Chandra put enfin déchiffrer ce qui était imprimé sur le tee-shirt du chercheur. Un dessin qu'il trouva à la fois drôle et un peu louche. On y voyait, devant un tableau de salle de classe, un professeur menaçant du poing un collègue, en hurlant : « You want proof? I'll give you proof! » L'autre, secoué, en perdait ses lunettes et sa cravate, emportées dans cette tornade.

Chandra connaissait bien LaTeX, qu'il utilisait comme tous les étudiants de sa génération. Et il avait trouvé la conférence de Leslie Lamport séduisante mais il n'avait pris des notes qu'avec parcimonie, éprouvant depuis longtemps vis-à-vis à la fois de ce logiciel et des systèmes de preuve par ordinateur une certaine perplexité. Il repensait à ces démonstrations historiques dont la langue, même traduite en hindi, l'avait tant marqué et inspiré. L'*Ars Conjectandi* de Jacques Bernoulli, la correspondance de Leibniz avec Judko Peretz. L'*Aryabhatiya,* traité du Ve siècle du mathématicien et astronome indien Aryabhata, offrant la première approximation de *pi*, poème dont chaque verset était un théorème. Le niveau de raffinement et de complexité atteint par les recherches mathématiques était-il devenu tel que les mots ne suffisaient plus ? La rigueur informatique, précise mais univoque, faisait-elle autant réfléchir ? Ne constituait-elle pas, à certains égards, une forme d'appauvrissement ? La preuve était-elle destinée à l'humain ou à la machine ? Parmi les étudiants, une main se leva encore. Leslie Lamport répondit à une dernière question. Il se mit alors à écrire à la craie sur la bande étroite de tableau vert qui dépassait de la partie inférieure de l'écran, jusqu'à ce qu'un assistant régisseur, à l'autre bout de la salle, lui propose de remonter l'écran. Mais le chercheur venait de poser sa craie sur la table. Il avait fini.

17.

Le quartier de Bidhan Sarani était encore une grande flaque d'eau où tout se reflétait. Roshan, qui pouvait passer plus d'une heure trente en voiture pour rejoindre l'université, se dit qu'il lui faudrait sans doute beaucoup de patience ce jour-là avant de pouvoir être dans son bureau. Manoj lui aussi passait des heures en voiture avant d'arriver à Alampur. Il avait un chauffeur et profitait de ces longs trajets pour joindre au téléphone ses fournisseurs ou lire la presse en ligne. Roshan avait toujours tenu à conduire elle-même, même si à Calcutta les trajets étaient longs et particulièrement bruyants. Elle aimait ça. Au point même de soutenir activement le mouvement international Women On Wheels (WOW) qui venait de mettre en place une plateforme regroupant des sociétés de taxis, et des agences de recrutement pour femmes conductrices de véhicules de service (camionnettes, poids lourds), pour faire mieux connaître ces femmes et ces entreprises, et encourager d'autres initiatives de ce type. Comme toutes les conductrices, Roshan essuyait quotidiennement des jurons et des obscénités, empruntés à un registre plus ou moins imagé ou cru, toujours très explicite – *sexy*, *lick*, *do me*, *porn*, *breast*, *condom*, *lotion*... Apostrophes charmantes auxquelles Roshan réagissait avec fermeté, mais en s'efforçant à chaque fois de rester courtoise, faisant même, si possible, preuve d'invention et de culture. Par exemple, en plein College Street, à un rickshaw qui, en la doublant, lui avait lancé par la vitre baissée de sa portière, le mot : *period*, elle avait répondu, tout en accélérant et en maintenant une vitesse suffisante pour rester quelques secondes au moins à sa hauteur : *strange times*, ce qui laissa un moment son interlocuteur figé, avec dans les yeux un air aussi furieux que déconcerté. Une fois par mois en moyenne, on s'en prenait aussi à sa Toyota bleue, dont les vitres étaient brisées ou maculées d'ordures et d'excréments, quand ce n'étaient pas les pneus qui étaient crevés d'un coup de couteau ou au moyen d'une pointe. Cela pouvait se produire dans son quartier ou sur le parking du campus, à Ahmedabad ou Bombay, partout. Enfin Roshan ne comptait plus les menaces qu'elle recevait par mail. Elle tâchait toujours d'y répondre, puisque ces lettres anonymes laissaient par la force des choses une adresse. Elle commençait ses courriers ainsi : « Je trouve étonnant et pour le moins regrettable... » Elle refusait de s'habituer à ces petits fragments de guerre enchâssés dans la vie courante et était toujours prête à défendre sa liberté, la sienne comme celle de toutes les autres femmes, même si celle-ci était chèrement payée.

En arrivant à l'université ce jour-là, Roshan traversa, comme tous les matins, l'allée bordée d'eucalyptus et de grandes plantes en pots : fougères osmondes, magnolias, ashokas. Le sol était encore boueux. Le jardin bruissait d'insectes et d'oiseaux. Après deux heures de hurlements de klaxons, ces instants étaient toujours bénis. Roshan s'installa à sa table et remarqua, à droite, au plafond, la présence d'une ombre inhabituelle qui n'était pas une ombre. Une chose noire, toute recroquevillée, pliée comme un parapluie cassé. Une chauve-souris. Il n'était pas rare d'en voir, en ville, par milliers, à la nuit tombante, accrochées aux arbres, le long des avenues et au bord du fleuve Hooghly. Et plus encore dans la campagne bengalie, dans les granges, les temples. Mais dans un bureau de l'université, c'était moins banal. Le bâtiment était fermé et climatisé. Comment cette bête était-elle parvenue jusque-là ? S'était-elle mise à l'abri à cause de la pluie ? Roshan réfléchit surtout au moyen de la chasser. Sans avoir à invoquer la moindre croyance en la métempsycose, croyance que, du reste, comme toutes celles et tous ceux qui avaient reçu une éducation hindouiste, elle portait en elle, il lui suffisait de savoir qu'une seule morsure ou griffure de chauve-souris, ou un simple contact avec un aliment contaminé par elle, pouvait transmettre le nipah, une fièvre hémorragique très invalidante, parfois mortelle, pour écarter d'emblée l'idée de la toucher, ou de la blesser. Roshan échafauda quelques stratagèmes, puis opta pour la solution la plus simple et de loin aussi la plus pacifique : couper la climatisation, laisser la fenêtre ouverte en repartant le soir. Avec l'espoir que la faim, conjuguée à l'attrait de la nuit, ferait partir le petit animal.

Alors que Roshan était en train de lire le mémoire d'un élève rédigé en anglais : « Supporting Indian Farms », le mammifère aveugle se mit à battre avec son aile une portion du mur. Son radar très actif devait émettre dans la direction de

Roshan des ondes ultrasonores suffisamment précises pour la renseigner sur la distance à laquelle celle-ci se trouvait exactement, lui signifiant aussi quels micro-mouvements la lecture provoquait dans un corps.

*

Au 10, Bidhan Sarani, Indir somnolait. Elle aimait dormir parce qu'alors, elle oubliait qu'elle était vieille et qu'elle voyait de plus en plus mal. En début d'après-midi cependant, elle ne ratait sous aucun prétexte la série policière *Vaastav*. Une guerre entre gangs dans le milieu de la pègre de Bombay. Téléfilm aux rebondissements multiples, regorgeant de morts, de violence, et de malfrats couverts de bijoux, dont Indir, depuis trois ans, suivait assidûment les méfaits, sans fermer l'œil un instant, car elle tenait bien sûr à savoir *qui avait fait le coup*.

18.

Philippe, le bibliothécaire de l'Institut Henri-Poincaré, avait ouvert toutes les vitrines protégeant les pièces qu'il voulait montrer à Chandra, afin que l'étudiant puisse les examiner à loisir. Le jeune bengali portait un costume foncé et une chemise blanche. Ses cheveux noir geai bien peignés brillaient et il avait ciré ses mocassins comme pour un rendez-vous important. Philippe lui tendit le diagramme de Schlegel, un polyèdre en plâtre. Chandra le posa sur sa main. Il leva doucement le bras, fit pivoter le modèle dans un sens puis dans l'autre, le rapprochant, l'éloignant, pour voir le croisement des ombres, la patine du plâtre, les zones légèrement réfléchissantes, ou très mates, et les lignes gravées à la pointe. Chandra reposa le modèle dans sa vitrine. Philippe se pencha pour prendre sur une autre étagère les surfaces de Riemann : deux petits disques en relief, présentant des zones de recoupement. Grosses vertèbres ou tours de Babel tronquées, supposées traduire la notion de surface abstraite. Chandra tenait chaque pièce dans une main. Il percevait combien ces figures étaient complémentaires, comme deux pôles actifs traversés par un champ de force invisible.

Philippe expliqua à Chandra qu'à la fin des années 1930, le groupe Bourbaki, dans son désir de réviser les fondements des mathématiques, avait écarté ces modèles anciens, issus de la géométrie descriptive inventée autour de 1789 par Gaspard Monge. On les avait alors remisés, les décrétant désuets et surtout pleins d'erreurs, dans les armoires de l'institut. Cela n'avait pas empêché les Surréalistes de s'y intéresser, voyant dans cette collection à la beauté bizarre, et dont le sens leur échappait complètement, une source de formes nouvelles. Dalí s'en inspira pour plusieurs toiles. Man Ray en photographia une série en 1934 avant, lui aussi, de les peindre. Chandra trouvait à son tour très beaux ces objets scientifiquement imparfaits ou faux. Ses yeux noirs dirigés comme un dard suivaient tel plan, telle ligne, telle arête. Il les regardait attentivement, prêt à les dessiner.

Voyant l'intérêt de Chandra pour ces modèles, Philippe proposa à l'étudiant d'aller au sous-sol où était entreposé le reste des pièces. Il demanda au magasinier d'ouvrir les armoires. La collection comptait près de quatre cents modèles, en plâtre, bois, carton, fil de fer. Certains étaient en piteux état. Cassures, structures effondrées, matériaux désagrégés, pelotes de fils emmêlés. On eût dit les ruines d'une civilisation ancienne. D'obscurs objets cultuels autrefois porteurs d'une certaine aura, et dont la dernière sépulture consistait en de grandes armoires métalliques fermées par un cadenas, que l'on ouvrait de temps en temps, pour un spécialiste, un esprit curieux, ou à l'occasion d'un inventaire.

19.

Pour rejoindre Alampur, Manoj empruntait le pont Howrah, au pied duquel se tenait, entre le fleuve Hooghly et la voie ferrée, le grand marché aux fleurs de Mallik Ghat. Même lors des longues pluies de la mousson, les marchands étaient là. Jour et nuit les fleurs arrivaient dans de grands sacs de toile plastifiée puis elles étaient réparties sous la forme de petits monticules sur des bâches étendues au sol. Les marchands – des hommes et des femmes de tous âges – se tenaient à côté, debout ou accroupis, au milieu du va-et-vient incessant des livreurs qui portaient d'énormes ballots sur leur tête. Les fleurs les plus fragiles arrivaient dans des paniers. Tout ce mouvement ne semblait aucunement gêner la poursuite de travaux divers, souvent très délicats, auxquels s'adonnaient les uns et les autres : tri des fleurs fanées ou abîmées, confection de colliers par tressage ou en passant un fil au centre du disque de chaque fleur, en prenant garde de placer chaque élément dans le bon ordre. Deux fleurs – généralement des œillets d'Inde – placées pétales contre pétales, puis deux autres fleurs, tige nouée à la tige, serrées mais pas trop, afin de créer une suite de petites boules légères et touffues. Les fleurs d'hibiscus, de tubéreuse ou de scabieuse tenaient quant à elles fixées à un écheveau de raphia, que la main d'un marchand tournait rapidement brin à brin, toujours dans le même sens, autour de chaque tige. Dans des seaux étroits ou sur des caisses en plastique retournées, on trouvait aussi des bouquets de roses, de glaïeuls, de tournesols et d'orchidées. Les odeurs poivrées, sucrées, musquées, parfois safranées, se combinaient au gré des saisons et des arrivages, toujours dominées, du mois de mars à la fin mai, par le « togor phool », un jasmin blanc local au parfum particulièrement entêtant.

Du cou des marchands, les colliers de fleurs tombaient en grappes, leur faisant de vrais manteaux ou jupons dans les tons jaune, orange ou blanc, parfois si épais qu'ils dissimulaient en partie leur corps. Les plus âgés et les plus riches des marchands, disons les un peu moins pauvres, s'abritaient dans de toutes petites échoppes en bois de bambou et au toit en tôle, que prolongeait généralement une bâche colorée qui filtrait la lumière et protégeait de la pluie ou de la chaleur, ou des deux à la fois, surtout en début de mousson, quand les températures étaient les plus suffocantes.

Manoj observait souvent le marché de Mallik Ghat du pont Howrah. Le trafic routier était ce jour-là d'une telle compacité que Manoj avait eu le temps de sortir de sa voiture. En contrebas du pont, sur les larges marches boueuses qui servaient de parapet, un homme massait les pieds d'un autre presque entièrement nu, le corps luisant d'huile, allongé sur un lit charpoï – un simple cadre en fer tendu de sangles. Plus loin, des garçons et des filles se baignaient. Un homme, de l'eau jusqu'à la taille, essorait son dhoti. Une femme emplissait d'eau un vase en laiton. Un garçon aidait un pêcheur à décharger une barque, tandis qu'un pèlerin se brossait les dents avec l'eau du fleuve.

20.

On accédait à l'usine de traitement de l'eau par une piste de terre raccordant Argari et Jangalpur, deux quartiers d'Alampur. Piste qu'empruntaient, tout au long de la journée, des femmes, des hommes, des enfants, des chiens errants, des serpents à lunettes, des vaches mastiquant des sacs en plastique. À cause des pluies de la veille, la piste était détrempée. Manoj, comme tous les matins, inspecta la première cuve, la plus au nord. Il écouta le son de la pression de l'eau dans les tuyaux. Deux ouvriers de maintenance avaient beau se relayer pour vérifier les compteurs, actionneurs, capteurs, valves, vannes, niveaux d'adjuvants, Manoj voulait lui aussi effectuer son inspection quotidienne, moins systématique et rigoureuse, mais qui lui permettait de garder le contact avec ce qui constituait le cœur de son activité. L'usine n'était jamais à l'abri d'une avarie, une pluie subite, une forte chaleur entraînant, dans les secteurs urbain et agricole qu'elle alimentait, un besoin exceptionnel en eau. Tout semblait ce jour-là en bon ordre, et Manoj s'apprêtait à rejoindre son bureau, quand, sortant de nulle part, surgit un petit singe. L'animal – un jeune macaque – se disait qu'il y avait peut-être quelque chose à grignoter ou subtiliser, ou les deux à la fois. Il grimpa sur le pont racleur qui se trouvait au-dessus de la première cuve. Sa queue pendait, puis s'enroulait, nerveuse, comme montée sur un ressort. Quand le singe la trempait dans l'eau, par mégarde ou de manière délibérée, il la remontait aussitôt, frissonnante. La vision du petit animal rappela à Manoj un souvenir de vacances. Un an avant la naissance de Chandra, Roshan et lui étaient partis quelques jours en voyage au Népal. À Chobhar, un village à flanc de montagne. Un matin, Roshan était sortie fumer devant l'auberge où ils avaient passé la nuit. Lui se rasait dans la salle de bains. Par la fenêtre qu'ils avaient, en dépit des recommandations expresses des propriétaires, entrouverte pour aérer, s'était faufilé un singe. En moins de cinq minutes, il avait eu le temps de voler des biscuits, renverser l'intégralité d'une corbeille à papier, ouvrir, dans le sac de Roshan, la fermeture éclair d'une trousse contenant une boîte de paracétamol, une autre de nivaquine et une tablette de pilules contraceptives pour un mois. L'animal avait déchiré par pression le film d'aluminium protégeant chaque comprimé, afin de les avaler sur-le-champ et repartir en vitesse. Manoj n'avait rien vu, rien entendu, le bruit de son rasoir électrique ayant couvert celui du larcin du petit cambrioleur affamé. Après coup, Roshan et lui n'avaient pas pu s'empêcher de penser à l'animal, s'inquiétant de son état après l'ingestion d'une telle dose de médicaments.

Le petit singe qui ce jour-là était assis au bord de la cuve n° 1 faisait maintenant sa toilette au soleil. Inspectant, dans une suite de brèves torsions et contorsions, les diverses parties de son corps. Se léchant avec une régularité maniaque et cultivant une attitude qui était un mélange étrange de pudeur et d'exhibition.

Manoj trouva que l'on entendait trop une soufflerie à la sortie d'une gaine de ventilation. Il se dirigea vers le bâtiment en béton qui abritait les bureaux, la salle de réunion et une petite cuisine.

Sur le chemin boueux arrivèrent deux techniciens à moto. Celui qui était assis derrière, plaqué contre l'autre, avait à peine vingt ans. Le plus âgé avait fait partie de la première équipe, celle qui avait construit l'usine en 2008. Leur visage et leurs vêtements étaient mouchetés de boue. Ils s'arrêtèrent pour saluer Manoj. Le conducteur mit ses deux jambes en étais de chaque côté de la moto pour la stabiliser. Ils portaient l'un et l'autre une chemise bleu clair à manches longues avec, cousu sur la poche droite, le logo de l'entreprise. Le plus jeune transpirait. De la sueur perlait dans le duvet qui formait une ombre au-dessus de sa lèvre supérieure. Le moteur de la bécane pétaradait. L'aîné dut forcer la voix pour expliquer qu'ils s'apprêtaient à changer une valve de robinetterie en contrebas des cuves. Manoj leur demanda de jeter aussi un œil au système de ventilation qu'il avait trouvé poussif.

Le bureau de Manoj était dominé par une grande carte hydrographique du Bengale. On y voyait les méandres du fleuve Hooghly jusqu'au delta du Gange. Le lit du fleuve était moins large à Calcutta sous le pont de Howrah qu'à Nayachar, une jeune île alluviale de la région des Sundarbans, qui comprenait cent quatre îles disséminées jusqu'au sud du Bangladesh. À Nayachar persistait, assez miraculeusement, une mangrove, menacée par la montée du niveau de la mer. Celle-ci avait déjà perdu, en l'espace de quarante ans, 28 % de sa surface. Mais c'est aux abords de Sagar Island, surnommée l'île des tempêtes à cause des nombreux typhons qui la balayent, que le Hooghly mêlait ses eaux à celles de la mer. Cet estuaire et ses îles basses, Manoj les avait d'abord découverts dans un livre. Un court texte de Rudyard Kipling : *City of Dreadful Night* (l'effroyable ville n'étant autre que de Calcutta), qu'il avait lu, adolescent, en anglais dans *From Sea to Sea and Other Sketches*, un recueil de lettres et de journaux de voyage écrits par l'auteur britannique pour le journal anglo-indien *The Pioneer*. Le jeune Manoj avait découvert ce volume un peu par hasard dans la bibliothèque de son père imprimeur. Avec le temps, il avait acquis la conviction que c'était probablement cette lecture qui lui avait donné envie de mener, des années plus tard, des études en ingénierie hydraulique. La carte accrochée au-dessus du bureau de Manoj montrait que le Hooghly avait jadis été le lit principal du Gange. On en distinguait les branches maintenant ensablées. Vaste arborescence qui, par endroits, s'affinait tellement qu'elle en devenait presque invisible, ou qui soudain s'arrêtait net, comme si elle avait été élaguée.

21.

Chandra et Margot s'étaient donné rendez-vous au cinéma le Grand Action, rue des Écoles, pour voir un thriller helvétique. Une histoire de vol de grosses cylindrées par des mineurs venant de la banlieue lyonnaise, dont l'un est pris en chasse et s'enfuit à la montagne. Au tout début du film, il y eut un grondement dans la salle. Les murs et les sièges se mirent à vibrer plusieurs secondes d'affilée. Margot dit tout bas que c'était probablement le métro. Chandra pensa à un dessin de son grand-père qui expliquait aux enfants que les éléphants, lorsqu'ils se déplaçaient, provoquaient parfois de petits tremblements de terre locaux. Chandra, que ce phénomène intéressait, avait lu dans la revue *Nature* que désormais, grâce à des capteurs intégrés à des bornes enfouies dans le sol, et qui réagissaient aux secousses provoquées par le déplacement de ces grands animaux, on pouvait suivre, avec une relative précision, le trajet des éléphants.

Au milieu d'une séquence du film qui était un panoramique sur un paysage automnal de montagne, jonché d'éboulis que la première neige avait saupoudrés de blanc, Chandra glissa très doucement sa main dans la main de Margot. Le rythme de leur respiration et celui de leur battement cardiaque se modifièrent. Au moment où les deux protagonistes du film effectuaient un trajet en voiture dans une zone résidentielle genevoise, une succession de pelouses et de rampes d'accès à des garages qui se ressemblaient toutes, Margot embrassa Chandra. La fin du film leur échappa totalement. Margot avoua que toute façon, il y avait quantité de choses au cours du film, que par ailleurs elle avait aimé, à côté desquelles elle avait l'impression d'être passée. Cela lui faisait souvent ça au cinéma. Elle sortait en ayant le sentiment d'avoir raté la moitié du film. Par distraction ou parce que certains plans ou sons l'emportaient presque sur l'intrigue, ou entraient en concurrence avec elle. Dans ce film, par exemple, elle avait été frappée par le petit claquement mat produit par le passe-partout qu'utilisaient les jeunes voleurs pour ouvrir les serrures des limousines.

*

Le lendemain matin, après un exposé (« Rational Points on Irrational Varieties ») de Michael Richardson, qui l'ennuya, Chandra proposa à Mary de marcher avec lui jusqu'à la Seine. Boulevard Saint-Michel la circulation était bloquée. Des jeunes gens couraient dans le couloir des bus. Une manifestation de lycéens qui avait dû être nombreuse venait d'être dispersée. Mary et Chandra empruntèrent la rue Hautefeuille pour tenter de s'approcher. Ils tombèrent sur un petit attroupement. Un garçon blessé au genou était assis sur le rebord de pierre de la fontaine Saint-Michel, sous l'une des chimères ailées. Il avait reçu de près un tir de LBD. Un de ses camarades, en attendant les secours, avait délicatement découpé le jean du garçon au cutter, pour éviter les frottements. Sa jambe était ensanglantée. Une de ses copines arrivait d'un café où elle avait fait provision de glaçons. Le garçon était incapable de parler. On voyait qu'il serrait les mâchoires pour ne pas pleurer. Un autre de ses camarades fit au SAMU le récit de ce qui s'était passé.

*

– Essayez de plier la jambe.

– Je ne peux pas...

– Encore une fois... Doucement... C'est bien.

– ... Aïe !

Les muscles du garçon étaient tout enflés et douloureux.

Le secouriste lui tenait la main. Un ami du jeune homme, assis à côté de lui, l'enveloppait avec son bras, serrant son épaule pour l'encourager.

Plus loin, détrempée par les éclaboussures de la fontaine, gisait au sol la pancarte : « You broke my (h)EARTH ».

22.

Depuis son départ de Calcutta, Chandra partageait à distance avec ses petites sœurs une complicité qu'ils n'avaient jamais connue lorsqu'ils habitaient sous le même toit. Un matin sur Skype, Sweety profita de l'absence de Sharmila, qui avait dormi chez une amie, pour se plaindre d'elle. Elle prit à témoin son grand frère des mauvais traitements que lui faisait subir sa sœur : emprunt intempestif de barrettes et de shorts – dès qu'elles quittaient leur uniforme les deux sœurs s'empressaient de porter les modèles les plus mini possibles. Surtout elle ne supportait plus son côté fayote.

Comme Sweety se tenait près de la webcam intégrée à l'ordinateur, l'image la montrait en assez gros plan. Chandra eut tout loisir d'observer la palette expressive de sa sœur. Haussements d'épaules, main sur le cœur, mimiques outragées, lèvres pincées ou bouche tordue.

Il remarqua une rougeur inhabituelle à droite sous son œil.

– Qu'est-ce que c'est que cette marque ?

– Où ?

– Là (il toucha sur son propre visage la zone qu'il voulait désigner).

– Ah... oh ce n'est rien.

– Allez, dis-moi.

– Je me suis endormie en regardant mon smartphone. Il a glissé de mes mains.

– Cela a failli t'éborgner, tu te rends compte ? Pas de téléphone au lit. En disant cela, Chandra savait très bien que manipuler un téléphone la nuit dans le noir de leur chambre constituait pour ses sœurs la suprême délectation.

– Et Grand-mère ?

– Elle dort encore.

– Malgré le raffut des perruches et des bergeronnettes ?

– Je vais voir...

(...)

– Elle arrive, attends ! Elle veut te parler.

Indir apparut. Elle s'installa doucement dans un fauteuil qu'avait rapproché pour elle sa petite-fille.

– Trouve-moi aussi, ma chérie, le tabouret en rotin pour mes vieilles jambes.

Elle clignait des yeux, cherchait l'image.

– Voilà. Voilà... Mon garçon... Alors... qu'as-tu à me raconter aujourd'hui ? demanda-t-elle d'une voix un peu rauque et marquant régulièrement des silences.

Chandra la trouva changée. Très pâle.

Lorsqu'il avait appelé, elle s'occupait sur son balcon de son rosier du Népal qui était en boutons. Elle arrangeait le filet que Manoj avait installé contre les oiseaux. La plante risquait sinon de vite disparaître.

– Tu ne dormais pas ?

– Tout de même... à cette heure-ci.

Il sembla à Chandra que depuis le début de la conversation la voix de sa grand-mère était descendue d'une octave. Et qu'elle avait vraiment l'air fatigué. Indir connaissait d'étranges phases, des éclipses et de petites renaissances soudaines. Elle était peut-être simplement mal réveillée. Les saccades et les lenteurs dues à la mauvaise connexion créaient peut-être une fausse impression.

Ils discutèrent. Indir retrouva progressivement sa verve et sa voix. Chandra trouva qu'elle n'avait pas l'air si mal finalement. À un moment donné, au milieu d'une phrase, Indir ferma les yeux et se rendormit. Comme une ampoule qui grille ou un appareil mis soudain hors tension. Chandra regarda sa grand-mère inquiet. Elle avait la tête légèrement basculée en avant et la bouche entrouverte.

– Indir, Indir ! lança-t-il.

Trois secondes passèrent qui semblèrent à Chandra une éternité. Puis Indir releva la tête et revint à elle. Elle semblait évoluer dans un autre monde. Enfin, comme dans un effort de recomposition de soi, elle réussit à dire :

– *Achha*... tu disais ?

Chandra cherchait dans les traits du visage d'Indir des points de repère :

– Tu ferais mieux d'aller te recoucher. Tu seras mieux sur ton lit.

Chandra demanda à sa grand-mère d'appeler Sweety. Mais elle était déjà partie à l'école.

23.

Chandra, ébranlé par la vision de sa grand-mère, était incapable de travailler. C'était comme s'il venait de croiser un fantôme. Il partit se promener dans le quartier. Il suivit le quai d'Orléans. Sur la droite partaient la rue Budé, la rue Le Regrattier, puis la rue Boutarel. Chandra, qui avait une bonne mémoire, savait qu'en repassant là, il pourrait à chaque fois, sans regarder les plaques, se redire ces noms, qu'il aimait déjà comme des talismans. Il s'interrogea sur la règle énigmatique qui présidait au sens de numérotation des rues à Paris.

Le quai d'Orléans, d'abord rectiligne, décrivait une courbe, qui correspondait, de l'autre côté du petit bras que formait, à cet endroit, la Seine, à la pointe orientale de l'île de la Cité. Des voitures passaient lentement en laissant résonner le bruit sourd de leurs pneus sur les pavés. Au loin on distinguait la rumeur d'un bateau-mouche. Ciel gris au-dessus des parapets gris, mais d'un gris qui conservait en lui le souvenir du soleil. Chaque promenade dans Paris comblait l'étudiant bengali d'impressions nouvelles.

Il franchit la Seine par le pont Saint-Louis qui était un spot de skateboard. Notre-Dame grandissait à mesure que Chandra avançait. Elle masqua bientôt une partie de l'horizon. Square Jean XXIII, des enfants, les genoux à demi fléchis, projetaient loin devant eux les premiers marrons de la saison en leur imprimant, d'un léger coup de poignet, un mouvement de rotation, pour faire des ricochets sur le sable. À chaque rebond, les marrons laissaient dans le sol de petites marques en creux qui correspondaient parfois à des taches de soleil. Il soufflait un vent léger. Les feuilles vert clair et les fleurs en ombrelles roses parfumées d'un grand acacia de Constantinople frissonnaient. Un groupe de jeunes touristes russes, les yeux en l'air, écoutaient depuis une oreillette leur guide : une femme à peine plus âgée qu'eux, qui leur chuchotait, sur le ton de la confidence, dans un micro sans fil placé à la hauteur de ses lèvres, un exposé que certains écoutaient avec ferveur, d'autres avec ennui.

Comme il y avait du monde sur le parvis, Chandra préféra entrer tout de suite. L'intérieur de Notre-Dame, avec ses très hautes voûtes, ses colonnes entourées de chandelles de pierre, qui surgissaient d'une sorte de demi-jour, laissa Chandra un moment figé. Malgré les touristes qui déambulaient au pied des tribunes ou encombraient les travées, et une messe dite dans l'une des chapelles, un grand calme merveilleux émanait du lieu.

Chandra se sentit dans le ventre d'un animal ancien, un corps dont il découvrait le squelette à la fois très solide et très fin. La lumière que filtraient les vitraux était comme un jaillissement chaud, éclaboussant de bleu et de rouge les pavements et les fûts des colonnes. Des taches de jaune produisaient sur les zones qu'elles touchaient l'effet d'un rehaut à la feuille d'or, d'autres, celles d'un acide corrodant. Chandra suivait une ligne, un enchevêtrement, et soudain une autre ligne le soulevait. Il fixait un point de la nef centrale, ou une circulation aérienne, et là encore quelque chose le soulevait. Il fut particulièrement frappé par les figures féminines : Marie avec Élisabeth dans la *Visitation* de Jouvenet dans le chœur. Marie-Madeleine dans *L'Apparition du Christ à Marie-Madeleine*, sculptée par Jean Ravy dans la clôture sud. Chandra nota dans un petit carnet qu'il avait dans sa poche le nom des artistes et le titre des œuvres pour s'en souvenir. Il fut saisi par le vitrail de la femme au miroir qui occupait le centre de la rosace ouest. Puis par la Vierge à l'Enfant adossée au pilier sud-est du transept, avec son front haut et son étrange visage asymétrique, effrayé, qu'adoucissait sa chevelure ondoyante. Le christ enfant qu'elle tenait dans son bras replié et qui jouait avec la boucle de son manteau fascina Chandra. Il admira aussi le pilier derrière elle, les gradations d'ombre, la répartition des forces. L'impression d'équilibre qui régnait partout.

En sortant, Chandra assista à l'arrivée d'une voiture de police et à la fouille d'un groupe de jeunes filles qu'il avait remarqué en arrivant. Elles demandaient des signatures pour une cause humanitaire à l'authenticité invérifiable, en tendant des stylos scotchés à une ficelle. Une sirène de voiture hurlait. Des policiers adressaient aux jeunes filles des mots durs dont Chandra comprit, à l'expression des jeunes femmes, et à leurs gestes en réponse, que certains devaient être obscènes. L'altercation couvrit les audioguides des visiteurs qui se trouvaient à proximité, provoquant un certain désordre dans les rangs des touristes, choqués par la brutalité de la scène, ou simplement gênés de ne plus pouvoir écouter paisiblement les descriptions diffusées dans leur oreillette. Tout cela devant le portail du Jugement dernier, sous le regard d'une foule de rois, reines, chevaliers, vêtus d'une tunique ou d'une cotte de mailles, qui soulevaient la pierre de leur tombeau pour se relever. Élus ou damnés. Occupés à monter au ciel ou à mourir dans d'affreuses douleurs. Tranquilles et opiniâtres, jugés par un Christ gigantesque qui faisait un peu peur. Plusieurs rangs d'angelots, patriarches, vierges, docteurs et martyrs. Tous se penchaient pour voir le spectacle qui se jouait sous leurs yeux. Et qu'ils applaudissaient, honnissaient ou essayaient simplement de comprendre, tandis que de la narine droite de l'une des jeunes filles tombaient de petites gouttes de sang.

24.

D'ordinaire c'était Klemens qui remettait à Chandra son courrier. Il en profitait pour l'interroger sur l'Inde ou lui parler d'endroits à Paris qu'il connaissait bien. Un mercredi en fin de journée, c'est Ingrid qui frappa à la porte du jeune Bengali. Elle lui tendit un colis de la poste :

– C'est pour vous. Des livres, on dirait.

– Un envoi de ma grand-mère. Je reconnais l'encre de son stylo et son écriture. Elle vient de faire rééditer un album illustré par mon arrière-grand-père. C'est sûrement ça.

Par discrétion, Ingrid était restée sur le pas de la porte. Elle avait autour du cou un collier d'inspiration orientale serti de pierres semi-précieuses – du quartz fumé, une pierre de lune – dans les tons bruns et beige clair, avec, intercalé entre deux boules, un élément argenté en forme de trident.

– Oh ! trishula, l'attribut de Shiva… !

– Vous voyez, un dieu veille sur moi… À part ça, je voulais vous demander : tout va bien ? Il ne vous manque rien ?

À cet instant, Chandra eut l'impression de voir bifurquer la pensée d'Ingrid.

– Il faut que je vous raconte quelque chose. Vous n'êtes pas trop pressé au moins ?

– Non. Je rentre d'un séminaire à l'institut. Je n'ai pas prévu de ressortir tout de suite.

Chandra, un peu gêné, proposa à Ingrid de s'asseoir dans l'unique fauteuil dont il disposait. Et il lui prépara un thé qu'il servit à l'indienne dans un verre.

– Il y a quelques années, dit Ingrid, une dame polonaise nous a demandé un rendez-vous. Klemens avait tout de suite senti à sa voix, son ton solennel au téléphone, que c'était important. C'est une bibliothécaire de Forney qui lui avait donné notre numéro. On l'a reçue. Cette dame était âgée de quatre-vingts ans environ, petite, mince. Elle parlait doucement, son sac à main posé sur ses genoux, et elle tenait plaquée contre sa poitrine une grande enveloppe kraft.

Ingrid but une gorgée de thé.

– C'est épicé, j'adore ça.

– Je bois cela tout le temps.

– Attention, je vais m'inviter chez vous tous les jours.

Elle poursuivit :

– La dame polonaise semblait embarrassée. L'anse rigide de son sac faisait comme un arc difficile pour elle à franchir. Elle a fini par ouvrir l'enveloppe qu'elle tenait bizarrement. Elle en sortit une lettre dactylographiée sur du papier jauni à en-tête du gouvernement polonais en exil à Londres. Un document que cette dame avait retrouvé lors d'un récent déménagement. Dans la lettre, en réalité une copie carbone datant de mai 1942, Władysław Sikorski, son grand-oncle, alors Premier ministre du gouvernement polonais en exil, s'adressait à Winston Churchill pour le supplier d'assurer la protection et la sécurité d'enfants polonais emprisonnés en Sibérie et au Kazakhstan. Des enfants juifs principalement mais pas seulement, qu'il fallait sauver. La lettre était à la fois un témoignage et une supplique. Il y avait des mots soulignés : « instamment » dans la phrase « je vous prie instamment d'user de votre pouvoir ». Et « néant » dans : « nous avons vu nos enfants partir pour le néant ».

Chandra demanda :

– Vous avez gardé cette lettre ? Je pourrai la voir ?

– Oui. D'autant que…

Ingrid interrompit sa phrase.

– Savez-vous qui a répondu à cet appel ?

– Les Anglais ?

– Non.

– Les Américains ?

– Non plus.

– Un Indien.

– Ah bon ?

– Même si l'Inde à l'époque, vous le savez mieux que moi, se trouvait en plein combat pour l'indépendance face au gouvernement britannique colonial et que dans le pays régnait la famine, c'est un maharajah du Gujarat, surnommé… (Ingrid hésita un instant sur la prononciation)… « Jam Sahib », qui a été le premier à se manifester pour apporter son aide.

Chandra repensa à la photo qu'il avait vue dans la vitrine de la bibliothèque.

Ingrid glissa sa main dans la petite poche de son corsage :

– J'ai noté son nom complet. Je n'arrive jamais à le retenir en entier.

Elle déplia un bout de papier qu'elle tendit à Chandra :

– J'espère que vous pourrez lire mes pattes de mouche.

Chandra peina en effet à déchiffrer la petite écriture penchée d'Ingrid. Il finit par lire : « le maharajah Digvijaysinhji Ranjitsinhji Jadeja de Nawanagar » avec un mouvement de la tête qui exprimait son étonnement :

– C'est un nom indien un peu long, en effet. Je ne le connaissais pas.

Ingrid reprit :

– Le maharajah a convaincu les Britanniques de trouver des hommes et des moyens pour faire traverser à ces enfants l'Asie centrale puis la mer d'Arabie. Un train tout entier, puis le *Georgic*, un grand navire à vapeur transatlantique de la White Star Line, réquisitionné pour le transport des troupes, et exceptionnellement affrété, cette fois, par la Croix-Rouge pour accomplir cette mission. Abadan-Bombay sans escale. Vous imaginez ?

Chandra, tout en s'efforçant de ne pas perdre une miette de ce que disait Ingrid, avait ouvert son ordinateur portable, car il voulait se faire une idée plus précise du périple des enfants à l'aide d'une carte. Il dessina du doigt à travers l'Asie centrale

– Russie, Kazakhstan, Ouzbékistan, Turkménistan, Iran –, puis sur la mer d'Oman, leur trajet approximatif.

– Au terme de ce long voyage, le maharajah accueillit en Inde les enfants, des orphelins pour la plupart, et fit construire pour eux une école, avec un pensionnat et un terrain de sport. Il adopta plusieurs garçons et filles pour éviter leur expulsion. La ville s'appelle… C'est écrit juste en dessous…

– Balachadi.

Chandra zooma sur la carte qui apparaissait sur son écran :

– À l'est de Jamnagar ?

– À deux pas de la mer.

– Comment avez-vous appris tout cela ? demanda Chandra avec de grands yeux étonnés.

– J'ai mené des recherches à Londres, à la Royal Historical Society, une société savante. Attendez, l'histoire n'est pas finie. Six mois plus tard, la même dame nous a demandé un nouveau rendez-vous. Elle avait retrouvé entre-temps, dans une boîte à biscuits, des photos, avec au dos des annotations au crayon. On y voyait des enfants autour du Jam Sahib dans une cour d'école. C'est ainsi qu'elle a compris que Władysław Sikorski, son grand-oncle, s'était lui-même rendu en Inde, pour voir ces enfants, et qu'il y avait adopté une petite fille : Barbara Lewandowska qui est devenue par la suite une grande orientaliste à Cambridge… et ma tante.

Elle montra son collier :

– J'ai tout de suite vu que vous l'aviez remarqué. C'est un cadeau de Barbara.

– J'aime beaucoup votre thé dans son verre en pyrex, mais, si vous voulez, on peut siroter quelque chose d'un peu plus fort chez moi. Chandra accepta. À vrai dire, suivre ce récit en français l'avait épuisé.

25.

À l'heure du déjeuner, l'équipe de l'usine d'Alampur se retrouvait dans une petite cuisine autour d'une table en bois. Chacun ouvrait les différents compartiments amovibles de sa lunchbox. Manoj et Anil Chatterjee étaient les seuls à se faire livrer sur place leur repas. Les autres employés arrivaient le matin avec leur petite tour métallique fixée, à l'aide d'une simple ficelle, au cadre de leur vélo. Leur repas les attendait ensuite plusieurs heures sur une étagère de la cuisine, en parfumant la pièce.

Ce jour-là, la guerre de l'eau occupa toutes les conversations. Certains employés avaient lu en ligne pendant le week-end des articles sur les derniers effets de la concurrence. Le climat tendu qui régnait entre Panama et Argia, les deux grandes multinationales de l'eau qui, tout en s'efforçant de cultiver l'image d'entreprises attachées à de grands principes écologiques et désireuses d'agir en respectant la législation indienne et un certain équilibre local, semblaient prêtes, dans les faits, à commettre les pires malversations, violant par la même occasion, et dès qu'elles le pouvaient, tous leurs engagements, afin d'obtenir le monopole du marché. Amir Khan, le plus âgé des mécanos, écoutait d'une oreille, en ouvrant chaque unité de sa lunchbox, dont l'intérieur du couvercle perlait de vapeur d'eau, et en considérant et humant avec gourmandise les plats qui allaient composer son repas. Il prit soudain la parole, pour déplorer l'affaiblissement et la perte d'autonomie progressive des régies municipales. Doyamorjee, une jeune ingénieure en informatique, vingt-cinq ans, originaire du Kerala et qui venait d'être recrutée, renchérit, dressant la liste de tout ce qui la scandalisait : les coupures d'eau intempestives, la réduction illégale du débit, la connivence des grandes firmes avec les politiques qui s'appuyaient sur ces mêmes entreprises pour financer leur campagne. Poussant le vice jusqu'à donner souvent desdites firmes, auprès de la population, et avec la complicité d'une presse passablement corrompue, une image plus que favorable, quasiment celle d'une ONG vertueuse. Doyamorjee était presque sûre que c'était Panama ou Argia qui était à l'origine de la fermeture de l'usine de Chandigarh. La direction n'avait pas voulu recevoir leurs émissaires et négociateurs. Il fallait s'attendre à des représailles. C'était la méthode adoptée par Union Carbide. On connaissait le résultat. La jeune femme disait cela en serrant entre ses doigts de petites portions de riz imprégnées de sauce safran dans laquelle on distinguait des grains de moutarde. Elle les portait à sa bouche encore pleine des mots qu'elle venait de prononcer. Elle était très remontée. Elle découpa une lanière de galette de blé souple qu'elle replia avec trois doigts et trempa ensuite dans la sauce, l'égouttant aussitôt d'un geste vif, avant de l'avaler. Comme si la colère et le désir de justice, la faim de vérité et la faim tout court, étaient devenus en elle une seule et même chose, stimulant un même appétit. Dans le regard de ses collègues, la jeune femme lut de l'étonnement. Celui-ci tenait moins, elle mit un moment avant de le comprendre, à ce qu'elle disait qu'à la rapidité avec laquelle elle engloutissait son repas.

26.

Chandra regardait le long des berges les canards qui dormaient au soleil. Leur tête vert émeraude ou beige tacheté de brun était enfouie dans leur plumage soyeux. Ils formaient des virgules au bord de l'eau. Chandra se revoyait, à six ou sept ans, traçant avec application sur un cahier sa première virgule mathématique dans le corps d'un nombre non entier.

À la bibliothèque, Chandra effectua dans divers ouvrages (guides, dictionnaires historiques) une recherche sur le sens de la numérotation des rues à Paris, qui avait tout de suite éveillé sa curiosité. Il lut : « Il a été décidé, premièrement, que l'on mettrait des numéros pairs d'un côté et des numéros impairs de l'autre, deuxièmement, que par rapport au sens de la rue, les numéros pairs seraient à droite (et les numéros impairs à gauche) et, troisièmement, que ledit sens de la rue serait, généralement (mais on connaît beaucoup d'exceptions), déterminé par la position de ladite rue par rapport à un axe fixe, en l'occurrence la Seine : les rues parallèles à la Seine sont numérotées d'amont en aval, les rues perpendiculaires partent de la Seine et s'en éloignent ; on peut supposer raisonnablement que des solutions analogues ont été imaginées pour les autres villes. Il existe à Paris quelques exceptions à ces règles : la rue de Charenton longue de trois kilomètres qui voit ses numéros augmenter dans le sens inverse de l'écoulement de la Seine. La rue de Presbourg, circulaire, possède quant à elle son propre système de numérotation. »

*

L'album que Chandra reçut par la poste était une réédition d'un livre illustré par Nemaï Raha, son arrière-grand-père, au début des années 1920. Une suite de vignettes en noir et blanc, accompagnées de courts textes inspirées par Edward Lear, l'auteur du *Book of Nonsense Poems*, et par Lewis Carroll. On y croisait des personnages aux manies et mœurs saugrenues, des êtres hybrides et disgracieux, surpris dans des situations cocasses : un barbier obèse, assis devant sa boutique, se faisait subtiliser sa moustache pendant sa sieste. Au pied d'un néflier, une femme-écureuil écoutait un joueur de flûte en se lissant les oreilles. Un vieux brahmane bossu et claudicant prenait son chat pour une canne de marche. Un gros oiseau ahuri se regardait dans une glace ovale accrochée par un clou à un arbre. De sa pauvre tête fusait dans une bulle un : « एझे अपनी काया से नफरत है » (« Je *hais* mon physique »). Dans certaines scènes, les personnages se battaient littéralement – boxe anglaise ou bagarre violente à mains nues – avec les mots, êtres doués d'une vie propre, indépendante de la raison. De mauvaise foi, courrouçables et volontiers tyranniques.

Quand Chandra ouvrit l'album de son arrière-grand-père, il fut tout de suite frappé par la vivacité du trait. Le mélange de réalisme et de rêverie. L'édition – un volume cartonné, imprimé sur un beau papier – était soignée. Chandra dévora le livre comme un récit d'aventures. Avec un grand nombre de calembours. Par exemple : au George Eden, un hôtel chic de Calcutta, un « cocktail » consistait en une queue de coq servie dans un verre. Les vignettes convoquaient des lieux et objets usuels qui avaient pratiquement tous disparu. Mais le dessin et l'écriture rendaient vivantes des illusions, des peurs, toute une part trouble du monde qui, elle, semblait éternelle.

27.

Un dimanche Chandra invita Margot à dîner chez lui. Il voulait lui faire goûter des plats bengalis. Il se rendit passage Brady, la galerie couverte reliant la rue du Faubourg-Saint-Denis et le boulevard de Strasbourg, qui figurait dans tous les guides sous le nom de *Little India*. Chandra trouva une suite de restaurants, de salons de beauté et une droguerie ayurvédique surveillée comme une bijouterie par deux vigiles au regard dur, pleins de muscles et de défiance. L'unique épicerie indienne du passage, côté Faubourg-Saint-Denis, parut à Chandra bizarrement achalandée, et affreusement chère. Les produits étaient en outre tous imprégnés d'une odeur écœurante d'encens. Chandra préféra faire ses courses ailleurs, dans un quartier proche du métro La Chapelle : *Little Jaffna*, nommé ainsi tant les rues alentour comptaient de familles tamoules. Il se procura tous les ingrédients dont il avait besoin chez Cash & Carry, rue Cail, et chez Ganesha Sweets, rue Perdonnet, où les *laddu*, des pâtisseries à la farine de pois chiche, et les *barfi* à la noix de coco semblaient appétissants.

Chandra cuisina des samossas et du poulet aux noix de cajou sur l'unique plaque électrique et le petit four dont il disposait, ce qui supposa une certaine organisation.

Margot fut impressionnée par l'immeuble du quai d'Orléans, avec son grand escalier, ses faux marbres et ses stucs. Elle toucha les anneaux de cuivre dans lesquels passait la corde qui servait de rampe :

– C'est extraordinaire, cet endroit.

Chandra trouva Margot belle dans son jean clair taille haute et son pull en mohair. De petites chaînes terminées par des perles bleu et vert oscillaient à ses oreilles. Elle arriva essoufflée et écarta de la main une mèche de cheveux qu'elle avait dans les yeux :

– Tu ne m'avais pas dit que tu habitais un palais.

– Cela te plaît ? Tu vas voir, chez moi c'est un peu différent.

Le contraste ne pouvait pas être plus brutal, en effet. Margot, après avoir découvert la chambre de bonne, regarda Chandra. Ils furent pris l'un et l'autre d'un fou rire.

Margot était réservée. Volontiers secrète. Trop à son goût et à celui de ses amis qui la bousculaient gentiment. Elle se sentait toujours *nulle*. Mais avec Chandra, elle était plus détendue. Plus sûre d'elle.

Dans la petite bibliothèque de l'étudiant, elle tomba sur une photo ancienne d'un homme barbu en tenue de cricket.

– Mon grand-père était un très bon « batsman ».

Ils commencèrent leur festin. Il faisait chaud à cause de toute cette cuisine. Chandra avait mis des bières Kingfisher dans le compartiment à glaçons de son réfrigérateur.

Margot souleva d'une main l'épaisseur de ses cheveux, pour rafraîchir sa nuque. De l'autre main, elle fouilla dans son sac, en sortit une grosse pince, et remonta en chignon sa chevelure bouclée. Ensuite elle retira son pull dont les longs poils avaient retenu des miettes de chapatis. En dessous, elle portait un tee-shirt blanc en coton très fin.

Au même instant, elle s'écria :

– Oh là là, tu as vu ?…

Elle montra un insecte qui courait dans une assiette sur un bout de samossa.

– Une blatte !

Chandra s'approcha. Il corrigea :

– C'est une fourmi.

Il la laissa monter dans sa main ouverte, la prit délicatement entre le pouce et l'index et la posa sur le tee-shirt blanc de Margot. Elle s'exclama, horrifiée :

– Mais qu'est-ce que tu fais ?

– Comme cela, on la voit mieux…

Margot épousseta son tee-shirt l'air dégoûté et chassa d'une pichenette la fourmi.

– Il y en a beaucoup à Calcutta.

– Je n'irai pas à Calcutta.

Ils rirent beaucoup.

Chandra et Margot burent des bières en picorant des pâtisseries jaunes et vertes en forme de losanges. Ils s'embrassèrent sur le lit une place.

La chambre sentait encore la friture et les épices. Dans le rectangle du vasistas apparut la pleine lune.

Le lendemain matin, Chandra et Margot se réveillèrent vers 5 heures. Le ciel était bleu-noir. La lune avait disparu. Margot et Chandra étaient enlacés sous le drap-housse gris de la couette qui formait au-dessus d'eux comme un gros rocher mouvant.

Chandra, en préparant le petit déjeuner, demanda brusquement à Margot :

– Qu'est-ce que tu penses de nous?

– Quoi?

– Notre histoire?

À ce moment, Margot, au lieu de finir sa phrase, tendit le bras pour prendre un toast, Chandra arrêta sa main. Il caressa ses longs doigts fins, les porta à sa bouche et les suça.

*

Chandra et Margot se retrouvèrent le plus souvent possible dans l'île ou rue de Pontoise.

Un matin, Margot trouva Chandra assis en tailleur à côté du lit, en boxer blanc, torse nu, écrivant dans un cahier.

– On dirait le scribe accroupi.

– Le scribe?

– Le scribe du Louvre. La sculpture égyptienne.

Chandra, troublé, fixa un moment Margot. Un sourire monta dans ses yeux. Il répéta doucement, presque pour lui-même :

– Le scribe...

28.

Le jour même, sans attendre, Chandra se rendit au Louvre. Dans la Cour carrée, derrière des palissades métalliques, des ouvriers déposaient des pavés. La lumière faisait étinceler, dans l'axe exact de l'arc du Carrousel et du jardin des Tuileries, la Pyramide de verre du Louvre. Il y avait du monde mais pas trop. Au portique de sécurité, pendant que le contenu de son sac à dos apparaissait en bleu, vert anis et orange dans le scanner à rayons X que contrôlait d'un regard distrait un agent, Chandra sentit monter en lui une émotion. Il suivit la signalétique indiquant le département des antiquités égyptiennes. Aile Sully. Niveau 1. Les éclairages en douche et la disposition des vitrines conféraient une solennité aux objets : des statuettes représentant des divinités, des têtes de sphinx, une palette en pierre pour fard à yeux représentant une scène de chasse à l'antilope. Ancien Empire. Salle 22. Le scribe était là. Sur la vitrine une icône montrait un casque encadrant un audiophone. Quelques centimètres plus loin, deux mains représentées en silhouette étaient placées l'une au-dessus de l'autre. Un gardien, voyant Chandra perplexe, lui expliqua obligeamment que ce logo signifiait la possibilité offerte aux aveugles et aux mal voyants de suivre des visites descriptives, pour lesquelles était mise à disposition une série de modules en relief. Chandra s'approcha du scribe. Il observa son visage ouvert, ses pommettes hautes, l'arc bien dessiné de ses sourcils. Ses traits étaient agréables et ses mains fines. Il avait de la poitrine et le ventre alourdi par un léger bourrelet. Chandra lui trouva des airs de prêtre jaïn. Le scribe accroupi en réalité n'était pas accroupi. Il était assis en tailleur. Et puis il n'écrivait pas, il écoutait. Ou alors il écrivait sous la dictée, ce qui expliquait qu'il n'écrivît pas tout le temps. On le surprenait sans doute en train de se concentrer. Qu'écoutait-il ? Une liste très longue de comptes qu'on énumérait pour lui ? Quelque contrat compliqué, difficile à retranscrire sur un rouleau étroit de papyrus ? Chandra chercha où s'asseoir. Le banc qui était en face de la sculpture était occupé par un couple de touristes américains. Chandra s'adossa simplement au mur et il reprit le fil de sa rêverie. Si le scribe écoutait, qu'avait-il bien pu entendre à Saqqarah, dans sa chambre souterraine au milieu du désert ? Des craquements ? Le vent qui sifflait dans les interstices entre les lourds blocs ? L'effritement d'une roche, un bruit d'insecte obstiné, le grignotement des termites ? Maintenant il habitait cette vitrine dans un pavillon qui avait été jadis la demeure des rois, au milieu d'autres objets plus ou moins abîmés provenant de tombes excavées qui abritaient elles aussi des trésors. Le scribe ne présentait que des égratignures sur l'index droit, la naissance du sourcil et du pouce gauches. Il n'était pas jeune. Ce n'était pas non plus un vieillard. Il fallait que Chandra calcule son âge d'après le calendrier lunaire de l'ancienne Égypte. En tout cas, pour un homme d'environ quarante-cinq siècles, il se portait plutôt bien. Chandra se rapprocha encore pour observer le blanc de ses yeux : un morceau de magnésite blanche veinée de rouge, enchâssée dans une bague de cuivre. La pupille était une bille de cristal de roche dont la face postérieure avait été dépolie et légèrement trouée, pour créer une illusion de regard. Chandra dut faire un effort pour cesser de le fixer. Des visiteurs prenaient des photos. Portraits à deux, puis trois, derrière le scribe, en faisant parfois semblant de lire par-dessus son épaule. Des dizaines de viseurs de téléphones portables ou d'appareils photo reflex numériques, en moins de cinq minutes, étaient visibles, plutôt leur image inversée, en miniature, sur la rétine du vieil égyptien. Chandra avança pour s'asseoir sur le banc qui venait de se libérer. Il observa une fois encore le scribe avec ses tétons ronds comme des boutons. Ses cheveux ras. Ses doigts aux phalanges effilées. Chandra essaya d'imaginer sa taille debout et le poids de sa tête. Corps de calcaire dans une cage de verre. À cet instant perçait un rayon de soleil. Le grand cadran et les cariatides du pavillon de l'Horloge se reflétaient dans la vitrine comme dans un prisme. Des visiteurs en tenue de randonnée s'arrêtaient devant cet Égyptien simplement vêtu d'une pièce de tissu enroulée à la taille. La nuit tombait, assombrissant dehors les cariatides et les pavés. Chandra se décida à partir. Combien de temps était-il resté dans cette salle ? Derrière une porte ornée de boiseries qui cachait une autre porte en contreplaqué peint, un homme, penché au-dessus d'un petit lavabo réservé au personnel du musée, mains en conque devant son visage, se rafraîchissait.

29.

En gravissant la petite échelle qui lui permettait de voir la surface de l'eau, Manoj aperçut une masse grisâtre qui flottait. Il alla chercher une gaffe dans le local de maintenance où était entreposé du matériel, afin de ramener la chose près du bord. Avant même de l'avoir touchée, le temps d'approcher le crochet, Manoj comprit que c'était le petit singe. Il le repêcha à l'aide d'une longue épuisette. La vision dans les mailles du filet de ce corps tout ballonné par son séjour dans l'eau était affreuse. Quand il l'eut posé sur le sol, Manoj l'observa. Son visage aussi était enflé. L'intérieur de ses mains et la plante de ses pieds étaient blancs et roses, sillonnés de petites crevasses. L'animal s'était-il noyé, ou était-il mort avant ? Soudain, comme une outre qui, au contact du sol, répandrait le trop-plein de vin qu'elle contient, le singe se mit à vomir un mélange de sang et d'eau, qui dégoulina de la commissure de ses lèvres, jusque dans son cou, formant entre sa nuque et son épaule droite une petite flaque dans la poussière. Manoj eut un mouvement de recul. Sa peau se hérissa. Il avait beau avoir déjà vu de nombreux animaux morts, des vaches, des chiens, un éléphant, une grue, ce petit cadavre l'impressionna particulièrement. Il alla chercher le vieil Amir Khan, dont il savait qu'il était toujours très matinal. Ensemble ils déposèrent avec précaution le singe dans une bâche qu'ils refermèrent sur lui, avant de le mettre à l'abri dans le local de maintenance.

Manoj avait eu la présence d'esprit de recueillir un peu de sang dans un flacon qui servait habituellement à l'analyse de l'eau, exigeant qu'on le transmît aussitôt au laboratoire.

*

À Calcutta lorsque Chandra apprenait le français, il attendait l'heure de son cours avec impatience. Il avait encore en tête la voix de sa jeune professeure. Comme elle prononçait les mots.

La douceur avec laquelle ils se détachaient de ses lèvres. La langue française se confondait avec elle. Il l'avait tout de suite trouvée attirante. Il était entré dedans comme dans un bain chaud.

30.

Le lendemain matin, lorsque Klemens apporta son courrier à Chandra, son jeune hôte était déjà parti. Il déposa sous le paillasson une lettre du Crous et, dans une feuille A4 pliée en deux, un article du *Monde* que Klemens avait gardé pour Chandra. Puis il alla au premier étage rendre visite au peintre qui faisait des retouches avant l'accrochage de la nouvelle exposition.

Chandra lut le soir même, en s'aidant de son dictionnaire, l'article du *Monde* que Klemens avait découpé pour lui. Il portait sur des questions d'urbanisme. On y apprenait que, dans les grandes métropoles européennes, les systèmes de feux de signalisation, trop nombreux et surtout mal coordonnés, avaient fini par susciter des problèmes de synchronisation extraordinairement complexes. Avec pour effet principal le ralentissement généralisé de la circulation. Des urbanistes suisses, bâlois exactement, étaient allés à New Delhi et à Dhaka pour observer la régulation naturelle du trafic, sans panneaux ni voies séparées. Exemples qu'ils avaient trouvés inspirants pour imaginer d'autres modèles. Chandra comprit l'article dans ses grandes lignes. Il sourit en imaginant les urbanistes bâlois prenant des notes, plongés dans de profondes réflexions, au milieu des carrefours infernaux de Park Circus ou d'Ultadanga.

Chandra s'était rappelé qu'Eva Laudenbach, une jeune mathématicienne, chercheuse à l'université de Göttingen ayant publié en même temps que lui un article dans *Acta Mathematica*, avait appliqué à des questions de trafic urbain et autoroutier la théorie des jeux, en s'inspirant notamment de la notion d'équilibre de Nash.

Une sonnerie signala à Chandra un appel entrant sur Skype.

Le mot : नानी s'afficha.

– Naanee !

Indir regardait l'écran. Sur la petite table à côté d'elle étaient posées une tasse et une soucoupe en porcelaine anglaise. Reliques d'un service pour l'afternoon tea ayant appartenu à ses grands-parents et dont les éléments avaient été brisés les uns après les autres par plusieurs générations d'enfants et d'adultes maladroits.

Indir toussa et fit une grimace. Elle semblait incommodée.

– Tu veux que l'on se rappelle plus tard ?

– Non, non…

– Tu as mal dormi ?

– Pas si mal. Je me suis réveillée tôt.

– Quelque chose ne va pas. Je le vois bien. Tu es fatiguée ?

– Non. Mais vois-tu…

Elle mit son regard tristement dans celui de Chandra :

– … autrefois les années passaient sans que je m'en rende compte. J'ai eu cinquante ans, soixante ans, soixante-dix ans. Puis un jour, quatre-vingts ans. En moi j'étais encore une femme de quarante ans. Maintenant chaque matin, je me dis, c'est ce matin. Chaque après-midi, c'est cet après-midi. Et le soir, c'est ce soir.

– Naanee…

– Oui.

– Tu regardes toujours tes séries policières ?

– Je ne manque pas un seul épisode. C'est la quatrième saison.

Elle marqua un temps d'arrêt, et reprit :

– J'ai vu passer le chiffonnier tout à l'heure, avec son grand sac en toile tissée.

– Le jeune dalit ?

– Il doit avoir douze ou treize ans. Il flotte dans un tee-shirt sans manches et son dhoti est raidi par la crasse.

– Je l'ai vu plusieurs fois avec papa. Il dort dans des cartons près de l'ancien marais.

Indir tendit sa main vers sa tasse et l'effleura simplement sans rien boire ni déplacer, comme pour vérifier que tout était simplement là. Qu'elle-même était là. Provisoirement rassurée, elle leva les yeux vers Chandra :

– Raconte-moi tes recherches. Et Paris. Est-ce que…

Indir fronça les sourcils. Elle avait soudain du mal à parler.

Chandra, à défaut de pouvoir l'embrasser, posa sa main à plat sur l'écran et la bougea doucement. Pour toucher quelque chose de sa grand-mère. Son visage, son image. Il lui caressa les mains, sans qu'elle le sût.

31.

Dans la nuit qui avait suivi la mort du petit singe, Manoj avait reçu un appel du gardien qui dormait tout à côté de l'usine. Il avait entendu, vers minuit, une explosion. Il était allé voir. Il avait trouvé la première cuve fissurée avec une marque noire correspondant à la zone de l'explosion et un début de fuite. Quand il avait appelé Manoj, il était encore sur place. Il était évidemment trop tôt pour hasarder la moindre conjecture. Mais tout en parlant, le gardien avait découvert, dans le faisceau de sa lampe torche, du câble électrique qui courait sur le sol. Le fil le mena jusque dans le local de maintenance, où il découvrit un détonateur artisanal. La charge avait dû être importante pour créer une fissure de la longueur d'un bras et endommager les quatre centimètres d'épaisseur de la cuve.

Le lendemain matin, à la première heure, Manoj fit venir la police. Deux sikhs dont l'un habitait à proximité de l'usine et avait entendu la détonation. Ils se retrouvèrent au pied de la cuve avec bientôt tous les employés autour d'eux. L'auteur avait agi à la faveur de la nuit, quand il n'y avait plus personne sur le site. Étant donné l'impact, les agents de police écartèrent tout de suite l'hypothèse d'un acte de petite délinquance. Manoj les écoutait légèrement méfiant et même circonspect. Les deux fois où il avait eu affaire à la police, après un vol de matériel électrique à l'usine, et un jour où il avait été témoin d'un assassinat – un homme abattu à bout portant en plein jour dans son quartier –, les choses avaient traîné, l'enquête n'avait jamais rien donné. Il confia malgré tout aux deux sikhs que, depuis quelque temps, les employés de l'usine avaient remarqué de drôles de types qui stationnaient au début de la piste de terre, confinés dans leur voiture pendant des heures. Ou penchés au-dessus du bloc-moteur, faisant mine de bricoler un carburateur ou un carter. Mais cela ne prouvait évidemment rien. Tout le monde savait que la zone d'Alampur servait de plaque tournante pour des réseaux de toutes sortes, protégés par des polices parallèles.

La flaque de sang était toujours là. Elle n'avait pas complètement séché. Ce qui n'était pas tout à fait dans l'ordre des choses, étant donné la température extérieure dans la journée. En attendant les résultats du laboratoire, personne n'y avait touché. Aucun insecte, aucune mouche ne semblait vouloir s'en approcher. Au soleil à midi, on s'apprêtait à percevoir des relents de sang croupi, une odeur pénétrant dans les narines qui aurait obligé chacun à faire un écart ou choisir un autre chemin pour accéder à la cuve. Rien de tout cela ne se produisit. Le sang luisait simplement au soleil.

Dans le local de maintenance, non loin du détonateur, le singe gisait toujours à l'intérieur de sa bâche. Bras et jambes repliés, avec son petit visage douloureux. En fin de journée, Manoj demanda à Anil Chatterjee de l'aider à transporter l'étrange sac jusqu'à la voiture de son chauffeur. Manoj, le matin, malgré le choc provoqué par l'annonce de l'explosion, avait tout prévu. Sur la route, il avait acheté ce qu'il fallait. Au fond du coffre étaient disposés trois planches, une pelote de grosse ficelle de jute et un tas de branchages. Sans oublier un sac enfermant des aromates et des bâtonnets d'encens. Anil et Manoj prirent la direction de Calcutta. Manoj transpirait du visage.

Quoique éprouvé, il avait tenu à organiser quelque chose. De toute façon, il ne pouvait rien faire de plus ce jour-là à l'usine. Ils avançaient au pas. La circulation était impossible. Le chauffeur avait mis de la musique penjabie. Manoj et Anil Chatterjee étaient presque soulagés de ne pas pouvoir discuter. L'incident à l'usine les avait choqués. Comme la climatisation de la voiture ne fonctionnait plus, ils avaient les vitres grandes ouvertes. Anil Chatterjee, malgré le concert de klaxons, s'assoupit. Manoj, lui, avait dénoué sa cravate et, en fermant les yeux, laissait l'air tiède entrer dans le col déboutonné de sa chemise. Au bout de deux heures, un coup de frein brusque du chauffeur pour éviter une vache sortit les deux passagers de leur torpeur. Peu après, ils distinguèrent dans une sorte de brume de chaleur le fleuve Hooghly. Ils s'arrêtent sur la rive est, au pied du pont Howrah. Manoj acheta des roses et trois colliers d'œillets à un vendeur ambulant. Comme lors de la fête bengalie de Durga Puja, où après plusieurs heures de processions dans tous les quartiers de la ville, au milieu des chants, des aspersions d'eau et des pétards, on jetait les effigies de la déesse dans le fleuve, Manoj et Anil Chatterjee, aidés par le chauffeur, transportèrent sur les larges marches boueuses le macaque allongé sur son lit de bois mort. Manoj y mit le feu, avant de le pousser doucement dans l'eau. En guise d'offrandes, pour accompagner ce corps et cette âme dans leur progression vers l'immatériel, les trois hommes lancèrent les colliers de fleurs, les pétales de roses, des aromates, une poignée de cacahuètes et de pistaches, aliments dont les singes étaient friands. Au dernier moment, Manoj eut l'idée de joindre une tablette de comprimés contre les maux de tête, dont il savait que le petit singe aurait adoré ouvrir les petites feuilles métalliques de protection. Manoj et Anil Chatterjee regardèrent s'éloigner le frêle bûcher flottant dont les flammes faisaient déjà craquer le bois. La fumée s'ajouta à la brume qui brouillait perpétuellement l'horizon. Un collier de fleurs défait pendait mollement dans l'eau. Le petit radeau progressait, entraîné par un courant, tandis qu'au même moment, près du bord, des hommes et des femmes étaient occupés à leurs ablutions ou se baignaient. Bientôt l'animal mort ne fut plus qu'un point au loin, d'où s'échappait un mince filet de fumée. Puis il disparut tout à fait.

*

La nuit, il se mit à nouveau à pleuvoir dans tout le district de Calcutta. Une de ces pluies de fin de mousson qui font brusquement monter le niveau des rivières et des fleuves. Dans l'usine de traitement des eaux d'Alampur, la situation devint préoccupante. La pluie et l'écart thermique qui s'ensuivit constituèrent une somme de facteurs fragilisants pour une structure de béton déjà fissurée.

32.

Chandra trouva Mary en pleine discussion dans le couloir de la bibliothèque avec une étudiante canadienne. Elles parlaient de la tornade qui s'était abattue sur Ottawa quelques jours plus tôt, soulevant les toits et les voitures, soufflant les vitres, balayant tout dans le quartier de Dunrobin. Mary avait vécu les grands incendies qui avaient dévasté quelques mois plus tôt la Californie. Elle avait vu les enfants arriver à l'école avec de la cendre dans les yeux et les cheveux. Mary et la Canadienne s'exprimaient en anglais. Chandra fut frappé par l'énergie qui animait leur conversation. Les joues de Mary étaient rosies par l'émotion. Les bras graciles de la Canadienne décrivaient des courbes qui repassaient par le même point, pour mimer les effets du vent et les tourbillons entre les arbres. C'étaient elles qui s'enflammaient, fulminaient, brillaient de tous leurs feux, en restant bien campées, solides, face à un monde qui tombait en morceaux.

Chandra vit Dimitri qui arrivait plus loin. Il poussait péniblement la porte d'entrée de l'institut, comme si cela lui demandait d'insurmontables efforts.

– Tu as travaillé toute la nuit ?

– J'ai tenu en écoutant du math rock. Cela m'aide à réfléchir.

– Du math rock ?

– C'est mortel. Je t'enverrai une sélection avec des liens. Tu dois écouter.

*

Sharmila appela Chandra à 2 heures du matin. À Calcutta, toute la maison dormait. Chandra avait travaillé tard, il allait se coucher. Il ne s'attendait pas à parler à sa sœur à une heure pareille. Elle était en jogging. La lumière de l'écran la vieillissait. Ses yeux luisaient. Son ton était inhabituel.

– Sharmila, tu as l'air préoccupé. Quelque chose ne va pas ?

Elle se mit à chuchoter en prenant un air mystérieux :

– Tu es seul?

– Oui. Je veux bien que tu parles un peu plus fort. Je ne t'entends pas.

Elle fit une grimace en déplaçant un vase rempli d'œillets orange.

– Laisse donc ces fleurs. Elles t'empêchent de voir?

– Non. Elles empestent... Il faut que je te dise...

Pendant une fraction de seconde Chandra revit sa petite sœur, à six ans, à Lake Town. Une piscine au carrelage ébréché, un peu coupant. Sharmila ne savait pas encore très bien nager et s'accrochait à ses épaules des deux mains, les lâchant par moments, pour nager tout près de lui, comme un poisson pilote.

Chandra reprit le fil de sa conversation avec sa sœur :

– Il faut que tu me dises quoi?

– Je discute avec quelqu'un.

– Un copain à qui tu te confies?

– Oui.

– Mais c'est normal, Sharmila. C'est bien à ton âge de pouvoir discuter librement avec quelqu'un. D'ailleurs c'est un garçon ou fille?

– Un garçon. On discute trente minutes, parfois une heure, tous les jours.

– Sur Skype ?

Sharmila tourna le buste de trois quarts et tendit la main. Chandra comprit qu'elle saisissait quelque chose qui se trouvait hors champ. Il vit apparaître entre les doigts de Sharmila un morceau de pastèque dans lequel elle mordit aussitôt avec gourmandise. Elle répondit, la bouche brillante :

– On utilise une messagerie instantanée.

– Vous n'avez pas envie de vous voir ?

– Non.

– C'est bizarre. Il est dans une autre classe ? Une autre école ?

Il y eut un silence.

– Il ne va pas à l'école ?

Soudain Sharmila se referma.

– Dis-moi quelque chose, insista Chandra.

Elle se retourna. Jeta un regard circulaire avant de murmurer :

– Ce n'est pas un enfant.

– C'est l'un de tes professeurs ?

– Je ne sais pas.

– Comment ça ?

– On a tous les deux des pseudos.

*

3 h 5. Chandra reçut un mail de son ami Dimitri :

Objet : Math-rock

Bonsoir Chandra,

voici une petite liste, à écouter très fort !!! On peut en discuter à l'occasion, si tu veux.

Groupe emblématique : https://www.youtube.com/watch?v=6c4QMPPNUXc&t=23s

Je te donne un diplôme si tu écoutes tout le disque.

Mon disque préféré, le premier (comme à peu près à chaque fois pour tous les groupes de rock !) : https://www.youtube.com/watch?v=ikMB1CKztC4

Groupe moins emblématique, mais toujours bien méchant, enregistré par le batteur du précédent, et avec une belle combinaison de guitares sur le premier morceau : https://www.youtube.com/watch?v=bhUaKwpPdC0

Un peu pareil, mais avec de l'humour, guitares superbes : https://www.youtube.com/watch?v=nXO0upZzdbs

Si tu n'as pas encore été rassasié, les membres du même groupe : https://www.youtube.com/watch?v=vUPnuAxOyP4

L'album fondateur de cette scène, qui reste pour moi un chef-d'œuvre. Parmi les dix plus grands disques de rock que je connaisse : https://www.youtube.com/watch?v=FAApF-FDkoY

Moins math, plus pop (et ouvertement gay) : https://www.youtube.com/watch?v=-p01aPWsJw0

Un bad trip. Vraiment méchant. Je ne sais pas si c'est math-rock. Entre math-rock, post-rock, hardcore, post-hardcore et emocore... pas facile de s'y retrouver : https://www.youtube.com/watch?v=7kYaEN06UYM

Le morceau vers 16'00 est dans la catégorie.

BONNE ÉCOUTE et BON COURAGE avec tous ces mecs en colère.

Dimitri

33.

À l'usine d'Alampur, l'eau continuait de s'écouler par la fissure. La végétation tout autour – un haut filao, un camphrier, de petites plantes persistantes poussant à leur pied, et au bord d'un champ cultivé, des tamarins, dont le gardien de l'usine récoltait, quand c'était la saison, les gousses pour confectionner du curry – flétrissait, se rabougrissait. L'eau commençait à prendre une teinte inhabituelle. De couleur thé au lait, elle devint grisâtre.

Les résultats du laboratoire prouvaient que le petit singe était mort empoisonné au sel d'arsenic. L'eau de la cuve était elle aussi empoisonnée. Ce qui représentait, évidemment, en cas de fuite avérée, un grand danger sanitaire. Par inhalation, ou absorption, même en quantité infime, l'arsenic pouvait provoquer des vomissements, des paralysies, des cancers de la peau. Il devenait urgent d'intervenir. Fallait-il tout transvaser ? Et comment d'autre part décontaminer, à l'endroit de la fuite, la terre déjà polluée ?

Manoj obtint par un collègue le numéro d'un ingénieur spécialisé dans l'expertise de fissures. Celui-ci se libéra tout de suite mais mit trois heures pour arriver. En l'attendant, Anil Chatterjee rappela que l'arsenic, à certaines doses, était utilisé à des fins thérapeutiques. C'était aussi un agent de conservation en taxidermie pour naturaliser les animaux, ce qui expliquait peut-être la non-décomposition du singe, l'éclat étrange de son sang répandu au sol, presque inodore, et dont aucun insecte ne s'approchait.

L'expert arriva sur sa Vespa. D'un compartiment situé sous la selle, il sortit une sacoche comprenant des vêtements et un petit appareil qui tenait de la boussole et du chronomètre. Il voulut tout de suite voir la fissure. Il enfila des gants de caoutchouc épais. Protégea ses yeux avec des lunettes qui ressemblaient à des lunettes de soudeur. Il noua autour de sa tête un turban qui couvrit aussi son visage. Il avait l'allure de ceux – hommes et enfants – qui démantèlent les épaves dans les zones portuaires et qui découpent à la masse ou à la fraiseuse des plaques d'acier rouillé qu'ils transportent sur une charrette à bras ou sur leur dos, pour les revendre ensuite au poids.

L'expert prit l'appareil qu'il avait apporté. Il déploya une sorte d'antenne intégrée au boîtier et l'introduisit dans la grande lézarde qui courait longitudinalement, comme une blessure, le long du béton de la cuve. À l'intérieur, on apercevait les parties rouillées de l'armature. L'expert resta là un moment, concentré sur le petit écran d'affichage de son appareil. Il rétracta l'antenne. Puis il retira doucement ses lunettes, son turban, ses gants, et fourra le tout dans un grand sac en plastique. Il soupira :

– Ils ont bien fait les choses... ce n'est pas un travail d'amateur.

Il demanda ensuite s'il pouvait disposer d'une table dans un endroit ombragé, pour effectuer quelques calculs. Manoj lui proposa son bureau et du thé. L'expert réapparut près d'une heure plus tard. Il expliqua qu'il y avait effectivement des risques de rupture du béton de la cuve. Chaque nouvelle pluie le fragilisait. Or la mousson, cette année-là, semblait se prolonger au-delà de la période habituelle. Depuis 2002, fit-il remarquer, elle était de plus en plus longue et de plus en plus forte. L'expert avança quelques solutions d'urgence : couler par injection un mortier de scellement à base de résine époxyde. Mettre en place, au niveau de la vanne de vidange, un filtre Kanchan. Un dispositif consistant en un étagement de limaille de fer, sable et gravier, capable de piéger l'arsenic. Disperser une quantité importante de *Warnstorfia fluitans*, une mousse aquatique qui possédait la capacité de purifier efficacement des eaux contaminées par des sels d'arsenic présents naturellement dans les sols. Un procédé qui avait fait ses preuves au Bangladesh. Mais la concentration d'arsenic étant ici très élevée, l'expert exprimait des doutes sur l'efficacité de cette dernière opération. La première option de filtrage lui sembla la plus sérieuse. Manoj remercia l'expert qu'il avait écouté de bout en bout avec gravité, l'œil fixé sur les notes que celui-ci tenait dans sa main. Il s'engagea à lui donner très rapidement des nouvelles. L'homme partit sur sa Vespa en soulevant un nuage de poussière.

Manoj resta un moment sur la piste de terre. Il regarda les champs au-delà des tamarins.

Il dit :

– Les salauds… Les salauds !

34.

En rentrant de l'université, même s'il était tard et si elle était fatiguée, Roshan consacrait du temps à ses filles. Elle discutait avec elles. Si Sweety prenait un bain, elle la shampouinait, lui frottait la nuque, l'aidant ensuite à démêler ses cheveux tout en lui parlant. Sweety acceptait les soins que sa mère lui prodiguait. Elles avaient l'une et l'autre conscience que, tôt ou tard, la jeune fille n'accepterait plus d'être choyée comme un bébé par sa mère. Que Roshan elle-même n'oserait plus. L'heure du bain constituait ainsi, pour quelques mois encore, un royaume d'exception. Le reste du temps, Sweety se montrait plutôt distante, voire ombrageuse, se laissant de moins en moins approcher, encore moins toucher, cultivant un côté sauvageonne.

À table ce soir-là, Roshan raconta à ses filles qu'une semaine plus tôt, dans l'État du Kerala, des milliers de femmes avaient formé le long des routes une chaîne humaine de 620 kilomètres pour obtenir l'accès au temple de Sabarimala. Un sanctuaire hindou au sommet d'une colline, dédié à Ayyappa, dieu célibataire, qu'incommodait la présence de femmes de treize à cinquante ans, autrement dit en âge de procréer. Interdiction jugée discriminatoire par la Cour suprême depuis le 1er septembre, mais que les Hindous rigoristes avaient refusé d'appliquer, refoulant toutes les candidates de cette tranche d'âge. Jusqu'à ce que deux femmes, camouflées dans des vêtements noirs, escortées par une garde policière rapprochée, et empruntant un passage ordinairement réservé aux hôtes de marque, finissent par y entrer. Ces deux femmes furent suivies, quelques jours plus tard, par une jeune Sri-Lankaise, qui n'eut pas même recours à une escorte. Ces précédents avaient bien sûr provoqué la fureur des hindouistes les plus conservateurs, qui déclenchèrent dans tout le Kerala une poussée de violence, soutenue par le Premier ministre Ram Raghav pour des motifs purement électoralistes. Afin de signifier leur consternation et soutenir la décision de la Cour suprême, des femmes de tous âges, en sari, s'étaient retrouvées le long des routes du Kerala. Le bras gauche tendu en avant, main ouverte dirigée vers le bas, créant un immense barrage humain.

Sharmila et Sweety écoutaient leur mère en ouvrant de grands yeux. Manoj rentra à la maison. Roshan lui lança un « bonsoir » de loin. Elle comprit au silence étrange qui suivit qu'il s'était passé quelque chose.

35.

Chandra rencontra Klemens sur le pont Saint-Louis. Il prenait l'air du soir en contemplant la Seine. La beauté calme de cet endroit à cette heure et la lumière déclinante sur la pierre et l'eau étaient hypnotisantes.

– Regardez, dit Klemens. Le ciel est couleur cannelle.

– Presque indien, ajouta Chandra.

Ils restèrent un moment sur le pont à regarder le ciel ocre clair, puis rose et mauve. Derrière eux ils entendaient le claquement sourd des planches de skateurs contre les bords du trottoir. Tchaak... tchaak...

Tout à coup, Klemens dit à Chandra :

– Il faut que je vous montre une curiosité.

– Où ?

– Un peu plus loin.

Ils longèrent les quais en remontant vers l'est. Ils dépassèrent la bibliothèque polonaise et s'arrêtèrent quai de Béthune.

À la hauteur d'un grand sophora du Japon dont les branches formaient comme une voûte au-dessus d'eux, Klemens montra à Chandra une plaque commémorant la crue de 1910. Un petit trait horizontal marquait le niveau atteint par l'eau. Puis le vieillard se tourna vers le parapet et écarta ses mains comme pour encadrer quelque chose :

– Vous ne pouvez pas le deviner, mais il y a ici plusieurs pages d'un livre ouvert.

– Un livre ?

– Ce n'est pas une métaphore.

Chandra observa, intrigué, l'endroit que Klemens lui montrait. Il ne vit rien. Il regarda le vieil homme en tâchant de trouver dans ses yeux des éléments susceptibles de l'aider à comprendre ce qu'il lui disait.

Klemens se recula légèrement :

– C'est là.

– Je ne vois rien.

Comme il ne faisait plus très clair en effet, Klemens sortit de l'intérieur de son veston son téléphone portable. Il balaya plusieurs fois du majeur son écran de bas en haut, et chercha à sélectionner l'icône de la lampe torche. Il commenta tout bas :

– J'ai de la corne sur les doigts, sur mes sabots de vieux bouc... Ah voilà !

Au même instant, l'éclairage public dont Klemens avait expliqué un autre soir à Chandra qu'il consistait en une suite de réverbères qui étaient d'anciennes lanternes à huile, puis becs de gaz, reconvertis à l'électricité, s'alluma.

– Il n'y avait qu'à demander, dit Klemens ravi. Je crois malgré tout que ma lampe de poche ne sera pas inutile.

Il commença à promener lentement le long de la pierre le faisceau de lumière projeté par son téléphone. Au bout de son bras levé, il explora chaque portion de parapet méthodiquement, en zigzag, jusqu'à ce qu'il trouve ce qu'il voulait montrer.

– Maintenant vous voyez ?

Chandra reconnut soudain les entailles et les espèces de grilles gravées qu'il avait découvertes une semaine plus tôt en arpentant l'île. Les pierres couvertes de signes. Klemens ne laissa pas au jeune homme le temps de dire quoi que ce fût. Il se remit à parler tout bas, avec ce goût du secret et de la révélation qui le caractérisait :

– Au XVIIIe siècle, un homme a gravé ici, en les numérotant et les cryptant de diverses manières, les faits marquants de sa vie. Un ensemble de phrases et de mots isolés, difficilement lisibles pour le commun des mortels. Dans l'île, plusieurs parapets sont ainsi recouverts de ses écritures. On peut parfois les sentir en passant simplement la main dessus, comme du braille.

L'auteur fut d'abord ouvrier imprimeur à Auxerre, ce n'est pas anodin. Il se promenait dans le Marais, surtout la nuit. Et il écrivait à l'aide d'une grosse clé son étrange journal, à même les murs, les parapets, la peau de la ville. À la hauteur du numéro 11 de la place des Vosges, au dos d'un pilier on peut lire – Klemens dessina les chiffres et les lettres devant lui avec son long index :

1764 NICOLAS

Chandra essaya de mémoriser cette écriture sans trace.

– C'est son nom ?

– Oui. Nicolas Restif de La Bretonne. Sa signature à cet endroit est sans doute le plus vieux graffiti de Paris. Parfois il n'écrivait qu'un mot pour garder mémoire d'un dîner, d'un malaise ou d'un rendez-vous galant. Ici, voyons voir... : « 30 apr. 1784. – Après sou... (un souper?) chez M. Lepell... (Lepelletier?)... » « timor et tremor »... (peur et frisson).

– Une partie est perdue à cause d'une cassure de la pierre... Restif dans sa paranoïa pensait qu'un certain Augé, assisté par des écoliers de la rue Saint-Louis-en-l'Isle, s'ingéniait à gratter ses inscriptions afin de les faire disparaître...

Klemens, déterminé, se pencha à nouveau sur des boucles et des jambages bien sculptés, mieux conservés : « trois dames, dont était la » – c'est à nouveau illisible – « ... elle (belle?) ... ise (marquise?) ou (exqu?) ... ise... de Mon-ta-lem... (Montalembert) ». On ne sait pas comment cela se termine. Autrefois, je connaissais toutes ces phrases par cœur.

Chandra cherchait lui aussi à compléter les mots, pour résoudre ces drôles d'énigmes. Klemens précisa :

– Restif écrivait partout dans le quartier. C'était une véritable manie. L'île Saint-Louis était son terrain d'élection. Elle lui rappelait, disait-il, l'« île d'amour » de son enfance dans l'Yonne.

Klemens marqua un silence. La nuit était tombée, l'air s'était brusquement rafraîchi.

– Vous voulez que l'on rentre ? demanda Chandra.

Soit qu'il n'entendît pas, soit qu'il ne voulût pas entendre, le vieillard s'essuya discrètement le nez avec un mouchoir plié et il enchaîna, imperturbable :

– Les inscriptions sont parfois vraiment curieuses. Beaucoup sont en latin. Quelquefois, on jurerait une suite de lettres prises au hasard dans l'alphabet et dépourvues de sens. Restif inventait de nouveaux systèmes d'orthographe. Il en avertissait son lecteur au moyen d'une parenthèse au milieu d'une phrase. Parfois il supprimait les voyelles, à la manière arabe, ou jetait le désordre dans les consonnes, remplaçant le *c* par l'*s*, l'*s* par le *t*. Le *t*. par le *ç*, etc., toujours d'après des règles qu'on peut lire dans des carnets que l'on a retrouvés.

Klemens vit que Chandra suivait tout avec attention. Subjugué même. Il ajouta :

– À un moment donné, toujours persuadé que quelqu'un effaçait ses inscriptions, il se mit à les retranscrire sur le papier. Le livre s'appelle *Mes inscripcions*.

36.

Chandra revint le lendemain quai de Béthune pour revoir au grand jour la découverte de la veille. Un jeune homme prenait le soleil, yeux fermés, tête sur le côté, allongé sur le parapet à l'endroit précis où les lettres avaient été gravées. Il cachait les écritures. En contrebas, la Seine était brassée par de lents remous qui, à peine formés, semblaient se défaire ou quitter la surface de l'eau pour agir dans des zones plus profondes, ou se reformer un peu plus loin, en aval des piles du pont de Sully.

Chandra, déçu, remonta le quai jusqu'au square Barye. Un jardin à la pointe orientale de l'île Saint-Louis. Une sculpture en bronze représentait Thésée combattant le centaure. Au bout du jardin, sous un paulownia, deux hommes s'embrassaient. L'un avait la tête et le buste appuyés contre le tronc de l'arbre, l'autre tenait ses cuisses contre les siennes, la paume de la main posée à plat sur la main ouverte de l'autre, sur le côté, comme pour le repousser. Des feuilles larges et des fruits – des capsules brunes, pelucheuses, entrouvertes et réunies en grappes – formaient au-dessus d'eux une tonnelle qui filtrait la lumière. L'homme adossé à l'arbre ressemblait à Philippe, le bibliothécaire. Il basculait parfois le haut de la tête légèrement en arrière. Il donnait ses frissons à l'écorce. Son visage était beau, étincelant. C'était lui.

Chandra s'éloigna discrètement. Il vit apparaître sur la fenêtre de son téléphone le nom de Sharmila, avec le message : *S.O.S. Ici c'est la fin du monde.*

*

– Vous êtes là ?

– Oui.

– J'ai parlé de vous à mon frère.

– Vous ne l'avez pas trop inquiété, j'espère ?

– Si, un peu.

– Il ne faut pas. Et votre grand-mère ?

– Elle ne change plus l'eau des fleurs.

– Et les mangues, elle les épluche encore, comme vous me l'expliquiez ?

– Non, l'autre jour elle les a laissés moisir. Mais je m'inquiète surtout pour mon père.

– Pourquoi ?

– Hier quand il est rentré... il y avait de l'orage... il a enlevé ses lunettes, il a pris sa tête dans ses mains. Doucement il a dit : « catastrophe... catastrophe »... et il est allé se mettre sous la table.

– Comme un enfant ?

– Oui. Comme un enfant.

– Il devait être sous le coup d'une émotion violente.

– Il ne nous a rien dit.

37.

Chandra travaillait chez lui. Il espérait finir un article sur la relation d'associativité qu'il avait commencé à Calcutta. La recherche portait sur des questions de géométrie et de combinatoire, elle faisait intervenir des triangles, des tétraèdres, des arbres binaires, les réseaux de Tamari et des associaèdres. Chandra y avait adjoint des carrés, des cubes, des tresses, les ordres de Bruhat supérieurs et une série de polytopes qui commençait par un octogone. C'est ainsi en tout cas qu'il en parlait à Mary et Dimitri, comme d'une cuisine amusante, avec un sens certain de l'autodérision. Le raisonnement lui avait demandé en réalité des mois de réflexion et de calculs. En reprenant cette recherche, il retrouva le même état d'excitation, la même fièvre. La même fatigue aussi.

Il tâtonna, avança dans de nouveaux développements comme il aurait progressé dans une forêt inconnue. Après une journée continue de travail, épuisé, il s'endormit dans un fauteuil, le vasistas ouvert. Le vent soulevait par à-coups une serviette éponge qui séchait sur un cintre.

Dans un demi-sommeil plein de pensées et de rêves, Chandra vit les surfaces de Riemann. Elles l'aidèrent à préciser son idée. Ensuite, pour reprendre des forces, l'étudiant se prépara un thé dans lequel il trempa des sablés nan khatai à la cardamome. Il prit son cahier bleu et son cahier brun, déjà noircis de notes éparses. Au bout d'une heure, il ouvrit son ordinateur portable, et fit fonctionner l'imprimante. Il griffonna, ratura les pages qu'il relisait. Souligna au crayon des passages, procéda à des corrections. Au verso, il réimprima des parties de son article. Il recommença avec d'autres feuilles. Toute une ramette y passa. La table et le sol de la chambre n'étaient plus qu'un amoncellement de papiers et de chiffres.

Quelqu'un toqua à la porte. Chandra sursauta. Il n'avait plus aucune idée de l'heure. C'était Klemens qui apportait à l'étudiant son courrier.

– Ouh là là…

– Ne faites pas attention.

– Vous vous y retrouvez ? s'étonna Klemens.

– À peu près.

Saisissant une feuille :

– Je peux ?... (Il lut un moment.) Pour moi, voyez-vous, ce sont des hiéroglyphes.

– Moi, j'y vois clair, heureusement. À la fin, il faut que ce soit précis comme un morceau de musique.

– La chanson des nombres. Vous connaissez ? C'est une comptine cumulative qu'on lit et chante le soir du Seder. Elle énumère de 1 à 13 des enseignements. Écoutez. Klemens se mit à chanter en hébreu le « Echad mi yodea » (« Qui sait ce que veut dire Un ? ») de Pessah, la Pâque juive. Sa voix était claire, d'abord presque fluette, devenant peu à peu plus assurée. Klemens reprenait, les yeux à demi fermés, ému, et comme en légère transe, le refrain à chaque fois augmenté d'une phrase. Le vieil homme était happé par l'enchaînement des mots et des nombres, la spirale que ceux-ci créaient à l'intérieur de lui. Vertige heureux dont on devinait qu'il était un souvenir de son enfance.

L'après-midi, Chandra montra à Françoise Stern son article. Elle lut lentement la démonstration. Elle posa sur Chandra un regard empli de nostalgie :

– C’est formidable.

*

Le lendemain, en pleine nuit, le téléphone de Chandra sonna. C’était sa mère.

Il lui répondit d’une voix ensommeillée :

– Maman, il est 4 heures du matin ici…

– Je sais, mais il faut que je te parle. Ton père a de graves ennuis.

– Sharmila m’a laissé un message étrange.

Roshan raconta tout. L’explosion à l’usine d’Alampur. L’état de la cuve. L’eau empoisonnée. Les scénarios en cas de rupture du béton et d’inondation. L’urgence.

C’est donc cela que Sharmila, le petit poisson pilote, avait voulu lui dire.

La nuit qui suivit, Chandra s’efforça de finir l’article auquel il travaillait, car il était impatient de se pencher sur ces autres choses auxquelles il ne connaissait rien. Le lendemain, une fois son article imprimé, il commença à mener des recherches sur la structure d’une cuve, la résistance du béton. L’$AsCl_3$, la formule du trichlorure d’arsenic.

38.

Manoj restait dans son usine après le départ des ouvriers. Il faisait le tour des cuves, comme un rôdeur. On pouvait voir sa grande silhouette monter puis descendre les échelles d'accès. Les barreaux qui avaient pris le soleil étaient encore chauds. Un soir clair, tandis qu'il s'apprêtait à vérifier l'eau des cuves, Manoj reconnut, qui ponctuait le silence, et provenant d'au-delà du périmètre de l'usine, peut-être du petit étang qui, pendant les mois de mousson, se formait en bordure de la route, le chant d'un crapaud. Une note régulière, flûtée, qui n'avait rien de triste. Manoj l'écouta un moment. Indir, sa mère, lui disait, enfant, que ce chant contenait des destins. Manoj poursuivit son inspection des cuves dans l'air du soir. L'eau contaminée était d'un aspect stable. Couleur d'huître.

Avec, flottant à sa surface, des taches plus foncées, semblables à de la boue. De qui l'usine avait-elle été la cible ? Pourquoi l'avoir visée elle plutôt qu'une autre, plus importante ? Manoj arpentait le site, les mains dans le dos, plein de questions et d'inquiétude.

Il repartit à la nuit tombante. Au-dessus d'Alampur, le ciel se divisait en deux parties égales. Une moitié bleue s'assombrissant dans laquelle s'accumulaient des nuages, une moitié rouge orangé, que séparait une mince ligne rose.

Manoj n'avait pas fait venir son chauffeur. Il avait emprunté la voiture d'un voisin et il était venu seul.

À la sortie d'Alampur, les voitures et les rickshaws avançaient au pas. Un autobus était renversé au milieu de la chaussée, avec la plupart de ses vitres brisées. Il avait heurté un rouleau compresseur qui était sorti sans prévenir d'une zone affectée à des travaux de voirie. Le bus était bondé. Dans l'accident, une vingtaine d'hommes et de femmes avait été blessée. Heureusement il n'y avait aucun mort, mais il avait fallu dégager les passagers un par un, à la lumière des phares et des gyrophares, en découpant la tôle à la cisaille.

39.

Quai de Béthune, Chandra eut une idée. Ce n'était pas à proprement parler une fulgurance. Plutôt une intuition, la conviction d'une direction à suivre au sein de la nouvelle recherche qui occupait son esprit.

Ce jour-là son téléphone, dont il utilisait la fonction Notes, était à court de batterie. Il n'avait rien avec lui pour écrire. Or il devait absolument fixer quelque part son idée, l'écrire, de peur qu'elle ne s'en aille. Pour ne pas courir le risque de la retrouver incomplète, tronquée, comme au réveil, lorsqu'un rêve s'est presque intégralement évanoui, qu'il n'en reste que des bribes, des impressions floues. Chandra voulait l'idée entière, intacte. Palpitante. Au début du quai, en venant du pont de la Tournelle, un jeune sophora du Japon qui avait dû être planté un ou deux ans plus tôt créait avec son voisin, plus chétif encore, une zone un peu à part, une césure, qui contrastait avec les autres parties du quai, où les arbres dépassaient le premier étage des immeubles de l'autre côté de la rue et formaient comme des voûtes au-dessus du trottoir. Chandra s'arrêta entre les deux jeunes sophoras. Il fouilla dans la poche intérieure de son sac à dos, et en sortit une petite clé. La clé toute simple, plate, qui ouvrait l'unique verrou de sa chambre de bonne. Il serra la clé entre le pouce et l'index pour la maintenir bien droite, parallèle au bandeau de pierre. Elle brillait. En contrebas coulait la Seine. Chandra retint sa respiration, approcha la clé du parapet, et commença à tracer des signes et des chiffres.

*

Au bout d'un moment, Chandra entendit les pas de quelqu'un qui arrivait. Il tourna la tête et vit une femme entre deux âges portant un imperméable vert épinard. Quelque chose d'étrange émanait d'elle. Il n'eût pas su dire quoi. Il était tout de même surpris en train de commettre un acte de dégradation volontaire d'un bien public.

Mais Chandra comprit qu'il ne risquait rien. La femme paraissait surtout curieuse. Chandra perçut même une sorte d'approbation dans son regard. Un encouragement mystérieux à continuer. Il reprit ses écritures. La femme s'éloigna doucement comme pour ne pas déranger le jeune homme. Les nouvelles inscriptions s'organisaient progressivement et prirent la forme d'une équation.

Quand la femme était repassée à la hauteur de Chandra, il avait senti contre son blouson, dans son dos, le frôlement de la toile d'un imperméable.

*

Dans sa chambre, Chandra se regarda dans le miroir du placard. Il savait qu'il avait trouvé quelque chose.

*

Quand Margot retrouva Chandra, il était assis en tailleur sur les lames du parquet. Il écrivait, la tête rentrée dans les épaules. Entouré de papiers noircis de signes et de calculs.

Margot s'accroupit à sa hauteur. Elle souleva le tee-shirt de Chandra, pinça la peau sombre de son ventre pour former de faux bourrelets. Elle tira un peu dessus. Lui montra en disant :

– Le scribe !

Chandra sursauta comme un enfant que l'on chatouille. Il essaya de se dégager, rétorquant d'un air faussement offusqué et en riant :

– Le scribe compte !

40.

Manoj marchait dans son salon, les mains enfoncées dans les poches, il faisait les cent pas. Par instants, il s'arrêtait, le regard vide. Perdu. Il voyait des images du nuage toxique de Bhopal. Les milliers d'aveugles. Les brûlés. Que pouvait-il faire pour Alampur ? Une amie ingénieure avait budgété le prix de travaux de première urgence : un cerclage d'acier et un coffrage en béton. Solution qui s'annonçait ruineuse et sans aucune garantie. Comment être sûr que toute cette maçonnerie tiendrait sous la pression de l'eau, que le poison ne rongerait ni ne fragiliserait, à courte ou moyenne échéance, les matériaux ? Manoj se disait qu'il allait devoir recommencer. Tout recommencer.

À la maison, il ne pouvait plus rien faire seul. Il avait constamment besoin d'aide. Même s'habiller lui demandait des efforts.

Une étrange lenteur s'empara de lui. Ses gestes ralentirent. Son rythme, son attention, sa vitalité, tout ce qui constituait son adhésion au monde, son point de contact avec lui, était atteint. Par instants, il ne pouvait plus parler du tout.

Il était déphasé. Manoj le géant perdait pied.

Il se coucha ce soir-là avec de la fièvre.

Il refusa un cachet d'aspirine, prétextant qu'il était amer. La petite Sweety lui dit non, qu'il fallait le prendre. Elle l'avala pour lui montrer. Étonné, il rit. Grâce à sa fille, il finit par accepter, sans trop de réticences, de prendre son comprimé.

Sharmila lui appliqua un linge sur le front. Roshan prit le relais. Réhumidifiant le linge encore dans la nuit. Lui tenant un verre d'eau, le faisant boire.

*

Manoj rêva d'une vague noire. Une vision de cauchemar. De quelque côté qu'il se tournât, la vague noire se jetait sur lui. Avec quels démons se battait-il cette nuit-là : Ravana, Hiranyakashipu ?

Pendant ce temps, à Alampur, une araignée s'affairait. Barrant de ses soies l'entrée de tous les bureaux.

41.

Roshan tira à elle un fauteuil et allongea ses jambes. Elle était pieds nus. Elle n'alluma pas la lumière. On devinait au loin une lueur. C'était la chambre de la grand-mère. Roshan appela Chandra sur Skype. Tous deux avaient peu dormi et ils avaient les traits du visage fatigués.

– J'ai emmené ton père hier soir au cinéma. Il avait passé la moitié de la journée enfermé à la maison. J'ai pensé que cela lui changerait les idées. Au Mitra passait le dernier film de Ritesh Batra. Après les publicités était diffusé un court métrage à la gloire d'un nouveau site touristique. Un petit îlot près de Jamnagar, où se dresse maintenant la statue géante de Sardar Vallabhbhai Patel, le héros nationaliste. The Statue of Unity. Un colosse en béton qui domine le fleuve Narmada.

Roshan prit une cigarette d'un paquet qui était posé à côté d'elle. Elle l'alluma, poursuivit :

– Le projet a été lancé par notre Premier ministre Ram Raghav, qui, comme tu sais, est aussi l'ancien gouverneur du Gujarat. Quand on pense au désastre écologique qu'a provoqué le barrage de Sardar Sarovarar sur ce même fleuve. Les villages et les terres submergés. Le scandale politique et financier que cela a été.

Elle tira sur sa cigarette, garda le plus longtemps possible la fumée au fond des poumons, la rejetant lentement par les narines pour mieux s'en pénétrer.

– Tu te rappelles les barricades de villageois dans les années 1990 ?

– Les prétendus « barrages pour le peuple ».

– D'après toi quel est le coût de ce nouveau projet ?

– 10 milliards de roupies ?

– 30 milliards, selon les chiffres officiels. C'est-à-dire beaucoup plus.

Chandra ironisa :

– The Statue of Unity divise et ruine tout le monde.

– Et tu n'as pas idée de la laideur du monument. Il mesure 180 mètres de haut. Des tour operators proposent des excursions avec vol en hélicoptère autour de la statue. Une nuit à l'hôtel : 8 500 roupies all inclusive. Ce film de propagande, avec ses vues en plongée et contre-plongée et sa musique tonitruante, nous donnait des haut-le-cœur. On voyait en gros plan les blocs gris cendre dont était composé ce géant. J'ai proposé à ton père d'y aller, pour voir. Il s'est tourné vers moi dans le noir. Je l'ai senti consterné.

Roshan toussa.

– Ça va ? Chandra sentait sa mère très tendue.

– J'aurais dû acheter des vraies Marlboro, celles-ci sont coupées avec de la sciure.

Elle enchaîna :

– Les nationalistes et leur délire, tu sais, je les côtoie tous les jours à l'université. Dans l'administration on reçoit régulièrement des mails du ministère du Développement, ou émis en interne par notre département des ressources humaines. Cela me révolte à chaque fois. À part cela, le beau temps est revenu. On dirait que c'est bel et bien la fin des pluies. La dissolution de la mousson.

*

Quelques heures plus tard, Chandra envoya à son père le fruit de ses recherches. Il lui avait demandé de lui faire parvenir les résultats précis de toutes les mesures : dimensions de la cuve au millimètre près, tests de résistance du béton, évolution du niveau de l'eau, taux d'arsenic. Chandra voulait analyser les données avec minutie, évaluer leur degré de dépendance, afin d'obtenir la représentation la plus exacte possible du modèle. Une méthode qui lui avait été inspirée par sa pratique des probabilités.

C'est cela dont il avait eu l'intuition sur le quai. Et qu'il avait écrit dans la pierre.

Chandra manquait de sommeil. Il avait de la peine à garder les yeux ouverts. Il rangea son bureau. Classa quelques papiers. Cela l'aida à faire aussi le vide en lui, à mettre sa pensée au repos. Les rayons du soleil, en passant à travers le vasistas, dessinaient un losange sur le clavier de son ordinateur.

42.

Chandra sortit prendre l'air. Il devait se rendre à l'institut. Il était très tôt. Du brouillard flottait sur l'eau dans une atmosphère de songe. La ville et le fleuve par endroits se confondaient, leurs limites s'estompaient. Peu à peu le brouillard se dissipa, révélant le vert-gris de l'eau, l'écorce sombre des peupliers et le gris soutenu de la voie Georges-Pompidou. Chandra décida de longer les quais pour rejoindre le marché aux fleurs dont lui avait parlé Klemens. Celui-ci était encore fermé. Chandra aperçut des silhouettes qui arrosaient les plantes. Des portes entrouvertes des pavillons s'échappaient de petites rigoles d'eau et une odeur de terre et de plante chaude. De longs tubes néons allumés diffusaient, à travers les toits-verrières, une lumière laiteuse. Une femme vêtue d'une salopette et chaussée de bottes sortit une grande fougère en pot. Cette plante, avec ses petites gouttes d'eau qui étincelaient, transporta, par une sorte de magie étrange, Chandra à Calcutta. Au bord de l'ancien marais. À l'est de la ville, dans les Wetlands où il avait accompagné tant de fois son père, et dont il avait pu, lui aussi, au fil des années, constater la métamorphose. Chandra revit les grandes fougères et les roseaux qui craquaient sous les pieds. Le long de ces rives, son père et lui étaient toujours à peu près sûrs, naguère, de déranger une grue, un jabiru ou une vache s'abreuvant. Ces rives étaient devenues des pistes défoncées par le passage incessant des camions, des bulldozers et des pelleteuses. Un endroit aussi où, disait-on, la mafia liquidait les traîtres. Les dépotoirs n'étaient pas nouveaux, mais le phénomène n'avait pas encore pris le caractère massif, industriel, qu'il revêtait maintenant. Là où dix ans plus tôt, au bord de l'eau, Chandra pêchait ou jouait sur un chemin humide, lové dans un vieux pneu, se dressait maintenant une gigantesque décharge, avec des tonnes de détritus jetés pêle-mêle formant de hauts monticules qui s'élevaient et s'écroulaient jour et nuit, se consumant lentement en laissant échapper une fumée âcre et puante.

Tandis qu'il déambulait dans les allées du marché aux fleurs, ces images hantèrent Chandra. Paris et Calcutta. Réalités lointaines et incomparables, mais qui à cet instant, dans la pensée et la sensibilité de l'étudiant bengali, mystérieusement, se superposaient.

Le vent se leva, soufflant par bourrasques. Une camionnette se gara dans un petit passage qui séparait les pavillons. On entendait des pépiements, tout un raffut de ménagerie à l'intérieur du véhicule. Un homme en sortit des caisses remplies d'accessoires en plexiglas, des cages en forme de cloche, des sacs de graines. Sur l'épaule de l'homme était posée une perruche verte. C'était mercredi, le jour où le marché aux fleurs accueillait aussi un marché aux oiseaux.

43.

Chandra arriva en retard au séminaire de Françoise Stern à l'institut. Ses traits étaient gonflés de fatigue.

– Vous n'êtes pas venu hier à la conférence de Victor Perriault. Je comptais sur vous. Depuis qu'il a été nommé à Chicago, il ne vient plus aussi souvent. J'aurais voulu vous le présenter.

– J'avais des choses urgentes. Pardon.

– Vous n'avez pas bonne mine. Aérez-vous, faites un peu de sport. Dormez, je ne sais pas...

– Oui, oui...

– Vous pensez à votre exposé ?... c'est comme au théâtre : il ne faut pas trop attendre dans la coulisse le moment d'entrer en scène.

Chandra acquiesça d'un mouvement de tête. À vrai dire, il ne savait plus à quoi Françoise Stern faisait allusion.

Le téléphone vibra dans la poche arrière de son pantalon. C'était Margot. Elle lui proposait de la rejoindre place des Vosges. Cela tombait bien, il voulait s'échapper.

Chandra, en traversant la Seine, vit une Ducati rouge s'arrêter à sa hauteur. C'était Ingrid. Jusqu'à ce qu'elle soulève la visière fumée de son casque, il ne l'avait pas reconnue. Elle était pressée, elle se rendait à un rendez-vous à la BNF, pour obtenir un prêt de manuscrit. Le *Codex Suprasliensis*. Un texte liturgique en vieux slave datant du XIe siècle et qui comprenait une collection de cartes. « Un trésor », dit-elle en rajustant son casque sur sa belle tête. Chandra était fasciné par sa vieille logeuse. Il y avait une telle jeunesse, une telle ardeur en elle.

Les abords du square de la Tour-Saint-Jacques, côté rue Saint-Martin, étaient en travaux. Des câbles et des gaines de différentes couleurs et sections couraient ici et là, ou sortaient en bouquet dans le vide. D'autres attendaient sur de grands enrouleurs, le long d'une palissade à mi-hauteur qui se prolongeait jusqu'à l'angle de la rue de Rivoli. Le chantier semblait momentanément arrêté. En tout cas, à cette heure-là, il n'y avait personne. Le square lui aussi était fermé. Les feuillages des marronniers commençaient à roussir. L'entrée de la tour était complètement bâchée. Chandra, qui était venu pour voir la statue de Blaise Pascal, dut se contenter d'une plaque célébrant l'inscription de la tour, qui était l'un des points de départ du chemin de Compostelle, au patrimoine mondial de l'Unesco. L'étudiant bengali s'approcha du chantier pour voir la profondeur de l'excavation. Il fut saisi par la vision d'un ouvrier qui dormait dans une tranchée pratiquée à même le trottoir. Il était noir. Habillé d'un pantalon de chantier et de chaussures étanches à semelle épaisse. Il se tenait allongé sur le sable, dans l'étroit espace qu'il avait sans doute lui même creusé pour la pose des câbles. Un peu plus loin, sur une colonne Morris, une grande affiche annonçait salle Pleyel un concert de Maria Callas en hologramme.

Chandra et Margot se retrouvèrent place des Vosges, à l'entrée du jardin. Margot dit à Chandra qu'au printemps la pelouse était un tapis de pâquerettes. Chandra voulut vérifier ce que lui avait raconté Klemens. Ils marchèrent vers les arcades. Entre les numéros 11 et 13 sur un pilier on pouvait lire, en lettres romaines gravées assez profond, les entailles présentant des bords ébréchés ainsi qu'une légère patine :

1764 NICOLAS

Chandra et Margot restèrent un moment silencieux.

Ils pouvaient entendre derrière eux les cris d'une petite troupe d'enfants qui jouaient dans le jardin, autour de la fontaine.

Chandra réfléchit à voix haute :

– Tout de même, à Paris, tu ne crois pas qu'il existe des graffitis plus vieux?

– Dans cet état de conservation, c'est peut-être le seul.

– L'imprimeur et sa clé de métal...

L'étudiant bengali pensa aux inscriptions des parapets de l'île Saint-Louis et aux mots effacés.

– En Italie, raconta Margot, un été où je faisais de la marche avec ma cousine dans le Val Camonica, au-dessus du lac d'Iseo, nous avons vu des inscriptions rupestres. Des scènes de chasse, avec des personnages qui lancent des javelots sur des cerfs. Des divinités hybrides mi-animales mi-humaines, âgées de huit mille ans. Les dessins consistaient en une suite de petits points à la surface de grandes ardoises de schiste très lisses, polies par l'avancée d'un glacier. Ardoises maintenant lustrées par l'eau de petites sources qui abondent dans cette vallée. On devinait que certaines séquences signifiaient quelque chose de précis.

Chandra déchira une feuille d'un grand cahier. Il l'appliqua sur le graffiti et, à l'aide d'un crayon, commença un frottage.

*

Dans une rue perpendiculaire était garée une fourgonnette rouge. Comme la rue était étroite, l'aile de la fourgonnette se reflétait sur le mur, comme une projection. Margot, qui avait remarqué ce phénomène, laissa marcher Chandra devant elle pour le simple plaisir de le voir prendre, quelques fragments de secondes, la couleur du halo, qui lui infligerait une inoffensive et brève brûlure.

44.

Chandra raconta à Indir sa rencontre avec Margot.

– Ton grand-père était aussi tombé amoureux lors de ses études à Manchester. Annie, une jeune femme rousse.

– Cela n'a pas duré ?

– Trois ans tout de même. Comment est-elle, ta fiancée ?

– Elle ressemble à Kali.

– La déesse ?

– Oui.

– La possibilité d'une incarnation humaine de Kali n'est pas exclue.

(...)

– Chandra ?

– Oui.

– Tu sais, je ne sais pas le temps que ça durera.

– Quoi ?

– Le temps que je durerai.

– Arrête, Naanee. C'est trop triste !

– Parle-moi encore. Et lève-toi un peu que je te voie mieux.

Chandra, qui était assis sur une chaise, se mit debout. Il chercha le moyen de distraire sa grand-mère déprimée et de lui donner de la force. Il commença à sautiller en chantant : « Kitna Kitna hé… Kitna Kitna hé ! » Les deux petites sœurs rappliquèrent et elles aussi sautillèrent dans le salon de Bidhan Sarani.

Roshan arriva au milieu de cette fête improvisée :

– Eh bien, on ne s'ennuie pas ici !

45.

Manoj demanda à son chauffeur de le conduire aux East Calcutta Wetlands. Du moins ce qu'il en restait. Un minuscule marécage avec quelques joncs aux reflets noirs et une zone fangeuse verdâtre. Une odeur de plastique brûlé flottait dans l'air. Manoj se déchaussa. Il trempa ses pieds dans l'eau sale et visqueuse. Il avait le souvenir d'une crique un peu plus loin. Autrefois il s'y baignait. Des images et des impressions se présentèrent à son esprit dans une bouffée violente. Il bougeait à peine car il risquait sinon de s'enfoncer. Le mouvement imperceptible de ses chevilles produisait de petits cercles concentriques. La surface de l'eau se brouillait puis se reformait. Manoj vit son propre reflet. Il se trouva amaigri. Le buste pour ainsi dire rétréci. Il n'était plus le jeune homme qui nageait dans le marais parmi les joncs. Mais il savait pourquoi il avait éprouvé le besoin de se rendre à cet endroit. Il réfléchit à ce que son fils lui avait envoyé quelques heures plus tôt. Puis il partit à Alampur.

À l'usine, il y avait tellement de monde autour de la première cuve que Manoj ne parvint pas y accéder. Doyamorjee essayait de rassurer les familles et les agriculteurs voisins qui s'étaient réunis. Le bruit avait couru qu'il y avait eu un incident à l'usine. Que l'eau était contaminée. Tous bien sûr étaient terriblement inquiets. Anil Chatterjee, en entrant dans les bureaux, avait arraché des toiles d'araignée. Il s'était frotté le visage et le cou avec la main pour ôter les fils argentés et collants qui s'étaient pris jusque dans ses cheveux.

Manoj dit d'un ton calme qu'il avait reçu l'analyse d'un nouvel expert, dont l'approche lui semblait bonne. Par ailleurs, un mathématicien (il ne nomma pas Chandra) avait établi un modèle statistique de simulation. À eux deux, ils allaient peut-être trouver une solution.

46.

Chandra et Margot déjeunaient de pans-bagnats dans le jardin du musée Pierre-et-Marie-Curie. Un endroit paisible à l'écart de la rue, où poussaient des tilleuls et des magnolias aux feuilles lustrées. Chandra dit à Margot qu'en Inde les familles qui accompagnaient un proche partant en voyage pique-niquaient sur la pelouse de l'aéroport, pour être ensemble jusqu'au dernier moment et assister au décollage de l'avion. Le jour de son départ, ses parents et ses sœurs étaient venus avec une nappe, un grand thermos de thé et une glacière pleine de sandwichs anglais aux œufs et au concombre.

– Sharmila a toujours son correspondant ? demanda Margot.

– C'est drôle que tu me parles d'elle.

– Tu sais, j'ai l'impression maintenant de connaître toute la famille…

– La dernière fois sur Skype elle s'est exprimée si vite que je n'ai pas réussi à tout comprendre. Elle m'a dit que son correspondant, justement, ne répondait plus depuis dix jours. Une femme avait cherché à la joindre avec son pseudo. Elle se présentait comme la fille de ce monsieur. Son père, un philosophe connu, paraît-il, lui avait parlé de Sharmila, qu'il aimait énormément. Dans la clé USB où étaient consignées ses dernières volontés, ce monsieur avait spécifié qu'il fallait prévenir sa jeune correspondante. Lui dire de ne pas être triste. Que son ami était mort mais qu'à son grand âge, c'était dans l'ordre des choses. Cela lui reviendrait à elle, plus tard, de déterminer, troublée par tel ou tel être vivant, animal ou humain – vache, ou musaraigne, chauffeur de bus, ministre ou mendiant efflanqué –, dont les traits ou le caractère lui feraient penser à lui, si elle devait croire ou non à la réincarnation.

– Comment Sharmila a-t-elle réagi ?

– Elle était bouleversée.

– Tu crois à la métempsycose, toi ?

Chandra se concentra et, en guise de réponse, lui dit lentement, en s'attachant à bien prononcer chaque syllabe :

La courbe de tes yeux fait le tour de mon cœur,
Un rond de danse et de douceur,
Auréole du temps, berceau nocturne et sûr,
Et si je ne sais plus tout ce que j'ai vécu
C'est que tes yeux ne m'ont pas toujours vu.

Chandra respira doucement, paupières closes, comme pour rester un moment avec les mots du poème.

Margot lui donna un baiser.

– Tu rentres, toi aussi ?

– Oui. Nous pouvons faire un bout de chemin ensemble.

– On décidera ensuite chez qui on va.

– D'accord.

Ils empruntèrent la rue Lhomond.

Ils n'allèrent ni chez l'un ni chez l'autre. Ils marchèrent au hasard, bras dessus, bras dessous.

L'auteur remercie Micha Hersch, François Apéry, Claudine Leblanc, Sébastien Roux, G. P., La Petite Escalère, le MAC VAL, le Conseil régional d'Île-de-France et la Criée centre d'art contemporain-Rennes.

Achevé d'imprimer sur Roto-Page
en février 2020
par l'Imprimerie Floch à Mayenne

N° d'éditeur : 2685 – N° d'édition : 362970
N° d'imprimeur : 95757
Dépôt légal : mars 2020

Imprimé en France